나눠요, 삼심육점오도씨

나
눠
요,
삼십육점오도씨

김현숙 지음
조규일 사진

BM 성안당

　언젠가 명절을 일주일 앞두고 모든 사람들이 분주한 마음으로 들떠 있을 때 난 니무 엄청난 사건 때문에 나를 추스르기조차도 벅찼던 적이 있었다. 아무리 큰 사고가 일어나도 감내하고 다시 일어서는 게 사람의 의지인데, 그 의지조차 사라지고 없던 때였다.

　그러던 어느 날 딸아이가 학교에서 만들었다며 예쁜 마트로시카 러시아 전통인형을 갖고 왔다. 선생님이 잘 만들었다고 축제 때 학교에 전시해 다른 아이들도 보게 하자고 했다는데 딸아이는 이렇게 말했다고 한다.

"우리 엄마 힘들어 해서 집에 가져가서 보여줘야 해요. 엄마 보여주려고 정성껏 만들었어요. 선생님, 학교에 내면 망가질 수도 있으니까 엄마부터 보여주고 싶어요."

딸아이가 엄마를 생각하며 만든 러시아 전통인형을 건네받으며 나는 '내가 힘을 좀 더 내야 하는구나' 하는 생각이 들었다. '나에게는 아직도 내편이 있구나, 든든한 내편이 많이 있구나, 다시 일어서서 살아야지'라고 의지도 갖게 되었다. 열면 인형이 나오고 또 열면 인형이 나오고 다시 열면 인형이 나오는 마트로시카처럼 샘솟는 기운으로 다시 일어설 수 있었다.

우리는 이런저런 희로애락으로 인생을 한쪽 한쪽 채우며 수많은 날들을 살아왔고 또 그렇게 살아갈 것이다. 나를 찾고 똑바로 서서 앞을 향해 나아가는 굳건한 마음을 지니기까지는 많은 시간과 경험이 필요한 것 같다. 이런 시간과 경험을 바탕으로 혹은 밑천삼아 우리는 또 남은 삶을 열심히 살아가는 것이다. 그래서 조금 더 힘내서 조금 더 노력하며 열매를 얻을 때까지 최선을 다해야 하는 게 우리 삶이요 인생이라는 생각이 든다.

많이 부족하고 자주 흔들리는 나를 보아주고 붙잡아주는 이들이 있어서 그나마 여기까지 올 수 있었다. '감사합니다'와 '고맙습니다'라는 말은 상대의 배려에 대한 나의 마음을 표현하고자 할 때 쓰는 말이다. '미안합니다'와 '죄송합니다'라는 말도 상대방에게 나를 이해시키고자 할 때 쓰는 아름다운 말이다. 우리는 하루에도 몇 번씩 이런 말들을 하면서 서로 소통하고 어울려 산다. 오해와 이해도 이런 말과 행동을 통해 생겨나고 사라지고 하니 말이 갖는 힘은 대단한 것 같다.

이 책에서 나는 여러 사람들이 어우러져 살아가면서 그들이 풍겨내는 사람들의 냄새를 통해 인간이 인간이어서 겪게 되는 여러 감정들을 가감 없이 표현하고자 했다. 서로에게 미움보다는 사랑을, 아픔보다는 기쁨을 줄 수 있는 우리가 되었으면 하는 마음으로 진솔하게 표현했음을 고백한다.

끝으로 이 책이 나오기까지 많은 도움을 주신 성안당 이종춘 회장님과 최옥현 상무님 그리고 이병일님과 편집부 식구들에게 감사를 드리고, 사진을 제공해 주신 조규일 작가님에게도 고마움을 전한다. 또한 내가 글을 쓰는 내내 옆에서 나를 격려하고 보듬어준 친구 이미숙과 김종성 부부에게도 감사를 전한다.

또 한 번의 기회를 놓치지 않게 도와주고 지켜봐준 사랑하는 남편과 엄마 힘내라고 늘 응원해주는 딸 세림이, 아들 세찬이에게도 고마움을 전하며, 내게 능력 주시는 자 안에서 내가 모든 것을 할 수 있다고 믿고 쓸 수 있게 도와주신 주께 영광을 돌린다.

2016년 붉은 원숭이해를 맞이하며

김현숙

차례

머리말

찌그러진 양푼과 개 밥그릇

또래 친구들보다 늦은 나이에 시집을 간 나는 라면도 제대로 끓여보지 못하고 결혼 생활을 시작했다. 그렇게 집안일이라고는 아무것도 모르는 상태였지만 남편과 단 둘만의 살림은 어렵지 않을 것으로 생각했다. 그러나 그것은 나만의 착각이 었음이 신혼 한 달도 채 못돼 고스란히 드러났다.

"자기야, 저녁 먹자. 내가 된장찌개 했어"

"······."

"왜, 맛이 없어?"

"……."

"나는 괜찮은 것 같은데."

"솔직히 말해도 돼?"

"응. 말해"

"있지, 우리 그냥 밥 사먹을까?"

"맛없어?"

"응. 한두 번도 아니고……. 우리 그냥 사먹자."

"뭐 시킬까?"

"아니, 그게 아니라……."

"뭔데?"

"그냥 매일 사먹자고."

"뭐라고?"

"밥도 그렇고 반찬도 입에 맞는 게 없고……."

"그렇다고 어떻게 매일 사먹어?"

남편은 그동안 내가 해준 음식이 너무 먹기 힘들었다며 얘기를 꺼냈다.

"요리하느라 애쓰지 않아도 되고 좋잖아."

"그럼 그렇게 해. 단, 앞으로 평생 사먹을 생각이면 실행에 옮겨. 난 이제 결혼한 지 한 달밖에 안됐고, 요리를 배워서 시집온 것도 아니야. 내게 요리 실력이 늘 시간을 줘야 되는 거 아냐? 무턱대고 음식이 맛없다고 사먹자고 하면 어느 세월에 내 솜씨가 늘겠어?"

"……."

"자기 말대로 평생 사먹고, 한 끼에 얼마로 계산하면 되는지 말해."

화가 난 나는, 앞으로 두 번 다시 요리를 하지 않겠다며 남편에게 신경질을 냈다.

"나만 그런 게 아니고 동생도 그렇다던데."

"맛없으면 먹지 말지 핑계는."

집 가까이에 사는 시동생도 내 음식 솜씨가 별로라고 했단다.

"일본식도 아니고, 서울 음식은 원래 이렇게 싱겁고 밍밍한가?"

"야, 잔말 말고 먹어. 네 형수가 음식을 안 해봐서 그래."

"시금치가 너무 물컹거려. 된장찌개는 국인지 찌갠지 분간이 안 되고."

"시끄러워. 그냥 먹어. 밥 사먹자고 했다가 평생 사먹으라고 구박만 받았어."

"알았어."

"우리가 참고 먹어줘야 된다니까 그냥 먹자."

어느 날엔가는 남편과 시동생 사이에 이런 얘기도 오갔던 모양이다.

결혼 후 누가 그렇게 금방 음식을 잘한단 말인가. 요리를 배워서 시집을 간 사람도 그렇게 빨리 솜씨가 늘 수 없는데, 나이만 많았지 집안일라곤 전혀 해보지 않은 나에게 끼니때마다 매번 맛있는 음식을 기대하는 남편이 너무 미웠다.

그 후 얼마 지나지 않아 남편과 나는 시어머니가 계시는 시골집에 내려갔다.

"와! 역시 엄마 된장찌개는 맛있어."

눈을 반짝거리며 흥분을 감추지 못하고 게걸스럽게 먹어대는 신랑을 한 대 때려주고 싶었다.

다음날이었다.

"얘야."

"네, 어머니."

"텃밭에 있는 상추랑 열무 좀 뜯어 와라. 점심은 비빔밥 해먹자."

"네."

마당 한구석에는 생전 처음 보는 이름 모를 풀들이 나를 기다리고 있었다. 고추랑 상추를 빼놓고는 모두가 비슷비슷

해 보였다.

"자기야. 마당에 잠깐 나와 봐."

"왜?"

"빨리 와 봐. 어머님이 열무를 뜯어 오래. 열무가 어디에 있어?"

"이게 열무야."

"그냥 풀 같은데?"

"아직 어린 열무라 잘 모르겠지?"

"응"

뽑은 채소들을 주방에 가져다주면서 남편이 어머니에게 한마디 했다.

"엄마, 우리 마누라는 아직 아무것도 모르는데 뭘 시켜. 나 시켜요."

"야야, 시끄럽다. 점심은 비빔밥이나 해먹자."

나는 남편과 시어머니의 대화 속에 끼어들고 싶지 않았다.

잠시 후 어머님이 나보고 싱크대 밑에서 양재기를 꺼내라고 하셨다.

"양재기요? 그게 뭔가요?"

"아이고 마, 내가 꺼내는 게 낫겠다."

듣도 보도 못한 것을 찾아보라고 하시니 난감했다. 상차림을 돕겠다고 나선 나에게 걸리적거리기만 한다고 가만히 있으라며 어머님 혼자서 점심 준비를 하셨다. 식탁이 있는데도 굳이 남편에게 접이식 상을 펴게 하시고는 밥을 먹자 하신다.

나는 밥 한 숟가락을 입에 넣고 나서 나도 모르게 닭똥 같은 눈물을 흘렸다. 눈물이 계속 나왔다. 아니 멈출 수 없을 만큼 너무나 서러웠다.

"아니 왜 그래?"

"야야, 밥 먹다 말고 와 우노?"

"울지 마. 왜 그러는데?"

"어머니."

"그래."

"어머니, 아무리 제가 미워도 그렇죠."

"야야, 무슨 소리 하노? 밉긴 뭐가 미워?"

"아무리 딸이 아니고 며느리라고 해도 그렇죠. 어떻게 다 찌그러진 개 밥그릇 같은 데다가 밥을 먹으라고 주나요. 저는 저희 친정집에서 이런 그릇에다 먹어 본 적이 없어요. 기르던 똥개 밥그릇도 이것보다 좋았어요."

"그게 무슨 말이고?"

16

"제가 가정부도 아니고 어떻게 이런 그릇에다 밥을 먹으라고 하시나요."

남편과 시어머닌 갑자기 막 웃으셨다.

"자긴 웃음이 나와?"

"아니, 하도 어이가 없어서."

"야야. 아니다. 우리는 이래 살았다."

"네?"

"비빔밥은 찌그러진 양푼에 비벼 먹는 게 제맛이니 너도 그리 먹으라고 한 건데."

"차별하는 게 아니라 우리 누나들도 이렇게 비벼 먹었어."

"아니, 좋은 그릇 놔두고 왜 다 찌그러진 개 밥그릇 같은 것에다 먹나요?"

"그냥 계속 사용하던 그릇이니까 그런 거다. 오해 말고 그만 울어라."

나는 속으로 '그래도 그렇지, 개 밥그릇이 뭐람.' 하며 겨우 울음을 그쳤다.

저녁때가 되었다.

큰 형님과 작은 형님이 남편한테 전화를 걸어 와 낮에 있던 얘기를 하는 모양이었다. 그새 시어머니가 나의 황당한 행동을 시누이들에게 말씀하신 것이다.

"나도 찌그러진 개 밥그릇 같은 양푼에다 비벼 먹었어. 작은 올케 오해하지 말라고 해."

"그게 아직도 있었어? 엄마보고 버리라고 해."

"알았어, 누나."

여름 늦더위가 기승을 부릴 때 다시 시어머니 댁에 갔다.

"야야, 텃밭에서 고추 따가 오고 돌나물 좀 뜯어 와라."

"네, 어머니."

"자기야, 마당으로 나와 봐."

"응."

"빨리."

방에서 나오지 않는 남편을 그대로 두고, 나는 혼자서 고추를 따고 돌나물을 뜯었다.

"아이고, 마."

"네?"

"고추는 이렇게 된 것을 따야지. 아이고, 돌나물 뜯어 오랬더니 죄다 뿌리째 뽑아버렸네."

"……."

혼자 텃밭에서 끙끙대는 게 차마 못 미더우셨는지 시어머니가 이내 나와 보시곤, 잘못했다고 나를 야단치셨다. 그때였다.

"아니, 엄마는 왜 자꾸 마누라를 시켜. 아무것도 모르는 사람 시켜서 고추 망가트렸다고 하지 말고 나를 시키면 되지."

"아이고, 시끄럽다."

어머니는 말없이 안채로 들어가셨고, 바닥에는 뿌리째 뽑혀 있는 돌나물과 고추 모종이 나뒹굴고 있었다. 그래도 남편이 편을 들어줘 다행이다 싶었다.

"어떡해, 다시 심을 수 있어?"

물어보는 나에게 남편은 웃으면서 말했다.

"괜찮아. 아직 멀쩡한 게 많아서."

"엄마는 이런 것 키우는 재미에 사시는데, 아무것도 모르는 며느리가 망가트렸으니 속이 상해도 야단칠 수도 없고, 그래서 역정 내시는 거야."

"그런가?"

"우리 밖에 나갔다가 조금 있다가 들어오자."

"그래도 될까? 자기는 자식이니까 괜찮지만 나는 며느리라 안 될 텐데."

"내가 있잖아."

우리는 동네를 한 바퀴 둘러보고 야트막한 야산까지 산책을 한 후 집으로 들어갔다. 그런데 이미 차려진 저녁 식탁 위에는 싱싱한 채소들과 함께 어머님이 평소에 그렇게 아끼시던 예쁜 접시들과 밥공기, 컵과 수저 등 그릇들이 모두 새것으로 차려져 있었다.

"야야, 아껴봤자 다 쓰지도 못하고 죽을 것 같아서 꺼냈다."

"아니, 우리 엄마가 어쩐 일로."

"야야, 또 찌그러진 그릇에다 밥 주면 며느리가 울까봐 무서워 그런다."

"아니에요. 어머니."

"엄마, 그 양재기 줘요. 괜찮대요."

"됐다. 밥 먹자."

그 후로 우리가 시골집을 방문할 때마다 어머니는 그렇게 애지중지 하시던 그릇들을 장식장에서 꺼내 사용하게 하셨다. 하지만 혼자 계실 때는 여전히 그 낡은 양푼과 뚝배기에다 식사를 하시면서, 설거지가 귀찮아 그런다며 대충 둘러대셨다. 그 찌그러진 양푼은 아직도 싱크대 밑에 오붓이 자리잡고 있다. 개라도 키우면 개 밥그릇으로라도 사용하겠는데 말이다.

"어머니, 과일 드세요. 자기도 과일 먹어."

"야야. 아니 밥 먹은 지 얼마나 됐다고 바로 과일을 먹니?"

"네?"

"응, 나도 배불러서 먹기 싫은데."

"아니 후식으로 과일 먹으라고 한 건데."

"후식?"

"어머니, 과일이랑 차로 후식 드시지 않나요?"

"배부른데 무슨 후식?"

"우리 집에선 밥 먹고 바로 과일을 먹지 않아."

"그럼 언제 과일 먹는데?"

"한두 시간 지나서 출출해지면 먹지."

"그건 후식이 아닌데."

"그래. 시골에선 후식보다는 새참을 먹지. 농사일을 하면 배가 금방 꺼지니까."

"그럼 커피는 지금 마셔도 되는 거지?"

"응, 그래."

"이왕 깎아 놓은 거니까 먹자. 어머니도 조금 드세요."

"야야. 난 배부르다. 녹차 한 모금만 마시면 된다."

"네. 갖다 드릴게요."

"오냐, 다음부터는 과일은 나중에 먹자."

"네."

이해하기 힘들었다. 친정에서는 식사 후에 과일 한 조각이나 차 한 잔을 마시면서 여유로운 시간을 즐기곤 했는데 여기 시댁에서는 과일은 배고플 때나 깎아 먹는 거라고 핀잔을 주니, 음식문화도 지역마다 제각기 다른 것이 새삼스러웠다.

집으로 돌아온 나는 맛없다고 구박받던 음식 솜씨를 단기간에 만회하고자 나보다 먼저 시집간 여동생을 일주일이 멀다하고 집으로 불러댔다.

"야, 이건 무슨 풀을 쒀야 한다고?"

"언니, 찹쌀풀이나 밀가루 쓰면 되는데, 걸쭉하게 쒀야 할 때랑 묽게 쒀야 할 때를 구분하면 되는 거야."

"김치마다 다 다르게 해야 하다니, 미치겠네."

"그럼 대충 해."

"야, 그랬다간 네 형부가 또 밥 사먹자고 할 텐데."

"편하고 좋지."

"한두 번도 아니고 질려서 못 먹어."

"언니, 조카들 생기면 이유식도 만들어야 하는데 어떡 하려고 그래."

"그래서 이렇게 하잖아."

"그러니까 빨리 배워."

"알았어."

"그런데 어떤 때 간장이 들어가고, 어떤 때 소금으로 하는 건지 헷갈린다."

"헷갈릴 것 없어."

"색깔이 있는 거면 간장이고, 없으면 소금이라고 외워."

"하얗게 하면 소금, 아니면 간장?"

"응, 콩나물 무침도 하얗게 할 땐 소금, 빨갛게 할 땐 간장이나 소금 쓰면 돼."

"찌개에는 조림간장, 국에는 조선간장이나 가게에서 파는 국간장을 사용하고."

"어휴, 언제 다 외우냐?"

"외우는 게 아냐. 해봐야지."

"그러게 어느 세월에 해보냐고."

"하루에 반찬 몇 가지씩 만들다 보면 저절로 돼."

"지난번엔 스테이크 만들었다가 질겨서 하나도 못 먹었어."

"칼집을 내서 고기를 재웠다가 하면 되는데, 어째서?"

"칼집을 안 내고 바로 불에 구웠더니 고기가 두꺼워서 속은 하나도 안 익고 겉만 까맣게 타버렸어."

"나 원 참."

"바보 같지?"

"요리도 손으로 해보면서 느는 거지, 그냥 머리로 외워서는 안 됩니다."

"그래도 난 차라리 외우는 게 더 쉬울지도 모르겠다."

"아이고."

"위인전 보면 퀴리 부인도 집에서 밥 하고 설거지 하는 일을 힘들어 했다고 하잖니."

"언니는 퀴리 부인처럼 연구도 하고 집안일도 하는 사람이 아니잖아. 집에만 있는 가정주부니까 배워, 빨리."

"알았어. 구박하지 말고."

"가르쳐 줄 때 배워서 나중에 큰소리치면 되겠네."

동생에게는 이것저것 김치 종류와 집에서 먹을 밑반찬들을 배우고, 시어머니가 오시거나 시골에 가게 되면 어깨너머로 시어머니의 음식 만드는 법을 보고 배웠다.

그렇게 5년의 시간이 흐른 후, 난 썩 괜찮은 맛을 낼 정도의 요리 실력을 지니게 되었다. 물론 다른 주부들의 솜씨를 뛰어넘을 만큼은 아니지만 나와 남편의 자체 평가로 그렇다는 말이다.

해도 해도 너무하네요

하루에 꼭 한 번씩은 우리 집 현관문을 두드리시던 70대의 옆집 할머니는 슬하에 아들 삼형제를 두셨다. 그분은 이것저것 우리 집 일에 간섭하기를 즐겨 하셨는데, 겨우 막내딸뻘인 나는 그런 모습이 귀찮을 때도 있었지만 이웃 간에 왕래를 하는 것이 좋다고 생각해 늘 반갑게 인사하며 지냈다.

"새댁, 오이소박이 담그려는데 장 보러 가지 않을래?"

"저는 오이소박이 먹을 줄밖에 몰라요. 아직 한 번도 안 해봐서 자신 없네요."

"시어머니 계시잖아. 알려달라고 해."

"글쎄요."

"그래 그럼 나는 가니까 알아서 해."

언제나 뜬금없이 왔다가 휭하니 가버리시기에 그날도 다른 날처럼 별반 신경을 쓰지 않았다. 그런데 며칠 후 그 집 며느리가 장떡을 먹으라고 가져왔다.

"어서 오세요."

"별거 아니지만 이거 드셔보세요."

"네, 고마워요. 차 한 잔 드세요."

"속상해서 왔어요."

"왜요?"

"우리 어머니 때문에요."

"네? 무슨 일이라도 있었나요?"

"며칠 전 오이소박이 때문에 열 받아서요."

"오이 사러 장에 가신다더니, 담그셨나요?"

"네. 말도 마세요."

"제가 먹고 싶다고 해서 담그신다고 했는데, 오이 40개를 사 오셔서 맛있는 부분은 몽땅 막내 도련님 집에 싸 가신 것 있죠."

"아니, 왜……."

"너무 어이가 없어요. 오이 아랫부분의 쓴 곳만 잔뜩 남겨 놓고 맛있는 부분은 몽땅 시동생한테 주셨지 뭐예요. 임산부인 제가 먹고 싶다고 해서 담그신다고 해놓고는 어쩜 그렇게 하실 수 있는지, 도저히 이해할 수가 없어요."

할머니의 며느리는 그렇게 투덜거리면서 임신 7개월의 배와 함께 입을 쑥 내밀었다.

참으로 알다가도 모를 일이다. 할머니도 똑같이 시집살이와 며느리 노릇을 해봤으면서, 정작 당신 며느리가 요구하는 것은 뭔지 모르게 못마땅하셨나 보다.

다음날 할머니가 놀러 오셔서는 며느리 흉을 보기 시작했다. 먹고 싶다기에 오이소박이를 담가줬더니 하나도 안 먹고 인상만 쓰고 있더라는 것이다.

"TV에서 봤더니 쓴 부분이 몸에 좋다고 해서 그랬는데, 시동생만 맛있는 걸 줬다고 토라져서는 오이소박이가 먹기 싫다고 난리네."

"왜 그러셨어요. 임신까지 해서 먹고 싶은 걸 말한 건데, 며느리는 당연히 서운하죠. 할머니가 너무하신 것 같은데요?"

같은 며느리 입장이라 나도 편이 되어 할머니를 몰아붙였다.

"그래도 그렇지. 며느리는 같이 살고 있으니까 언제든지 또 해 먹일 수 있지만, 막내아들은 다시 갖다 줄 때까지 한참 걸리니까 그랬지."

"할머니. 그래도 그건 아닌 것 같네요."

"뭐가?"

"며느리가 먹고 싶다고 했지 막내아들이 먹고 싶다고 하진 않았잖아요?"

"하는 김에 했지."

"그러니까 며느리가 먹고 싶다 했으니 며느리를 우선으로 하셔야 서운하지 않죠."

"며느리는 또 해서 주면 되니까."

"아니죠."

"나 갈래."

할머니도 삐져서 가버리셨다.

'둘이 왜 나한테 와서 난리람.'

그리고 6개월쯤 지났다. 할머니는 그 일이 있은 후 큰집으로 가셨고, 그 대신 옆집에서는 아기가 빽빽거리며 울고 있었다.

하루는 쓰레기봉투를 사러 나가는데, 마침 옆집 문이 열리며 아기엄마가 나왔다. 잘 지내느냐고 안부를 묻자, 아기가 자주 울어 힘들다고 푸념을 한다. 짧은 대화가 끝날 때쯤, 그녀는 나에게 지금 친정엄마가 와 계시니 나중에 한번 아기를 보러 오라고 했다.

"아유, 예쁘게 생겼네요."

"고마워요."

"친정어머니는 안 계시나요?"

"네. 가셨어요."

"그럼, 이제 시어머니가 다시 오시나요?"

"아뇨. 화가 나서 큰집으로 가셨으니 아마 안 오실 거예요."

"뭐 때문에요."

"제가 오이소박이를 한 개도 안 먹고 그대로 썩혀서 버렸거든요. 그걸 아시고 역정을 내시면서 가버리셨어요."

"어휴, 그러지 말지."

"시동생한테 밑반찬도 갖다 주시지 않고 큰집에만 계신가 봐요."

"네, 그렇군요."

"오시면 제가 힘들죠."

둘이 똑같다. 그 시어머니에 그 며느리다.

그러고 잊고 지내는데 할머니께서 다시 오셨다.

"아이가 돌이라 왔어."

"그러셨어요. 다시 가시나요?"

"아니, 큰며느리 때문에 안 가."

"왜요?"

"찌개 하나를 3일씩이나 먹게 하고 매일 나다니기나 하면서 살림도 제대로 하지 않으니, 내가 힘들어서 와버렸어."

"큰집은 더 좋다면서요?"

"집만 크고 좋으면 뭐해. 나다니지도 못하게 하고, 옆집도 없고, 나가면 들어오기도 힘들고, 너무 쓸쓸해서 왔어."

"아파트가 넓은가 봐요?"

"응, 넓고 좋긴 하지."

"거기에서 편하게 계신 것 아니셨어요?"

"편해. 편하긴 한데 손주도 보고 싶기도 하고……."

"당연히 그러시겠죠."

"뭐든지 만지기만 하면 좋아하지 않고, 여기처럼 마음대로 돌아다닐 수도 없어."

"네, 그러셨군요."

"아파트 단지도 너무 커서 헷갈려."

"잘 돌아오셨어요."

할머니는 다시 하루에 한 번씩 우리 집 아파트 문을 두드리신다.

"애기엄마, 시어머니하고는 전처럼 좋아졌어요?"

"어휴, 말도 마세요. 말끝마다 큰형님 흉보면서 사세요."

"왜 그러셨대요?"

"하루는 어머니가 쓰레기를 버리러 나가셨다가 아파트 라인 출입구 비밀번호를 몰라서 한 시간 동안이나 지하주차장에서 오들오들 떨고 계셨는데, 그것 때문에 큰형님 내외가 싸우셨대요.”

“어휴, 저런.”

“형님은 그게 어머님 잘못이지 왜 자기 잘못이냐며 소리를 치시고, 아주버님은 형님에게 왜 어머님께 쓰레기를 버리게 만들었냐고 화를 내셨다고 하네요.”

“쓰레기를요?”

“한쪽은 버리라고 한 적 없다고 성질을 내고, 한쪽은 살림을 제대로 못하니 어머니가 버리러 나가신 것 아니냐고 화를 낸 거지요. 그래서 시어머니가 싸우지 말라고 말리시는 과정에서 고성이 오갔대요.”

“시어머니 앞에서 형님부부가 싸우면 어떻게 해.”

“그래서 큰형님 꼴 보기 싫다고 우리 집으로 다시 오신 거예요.”

“아, 그랬구나.”

“우리 시어머님도 만만치 않으셔서 웬만하면 아무리 힘들고 속상해도 내색을 안 하시는데, 싸우는 모습 보여드리기 싫다고 아주버니가 저희 집으로 가시라고 했대요.”

“세상에……..”

“그래도 제가 더 만만하니까 오신 거예요.”

“그렇구나.”

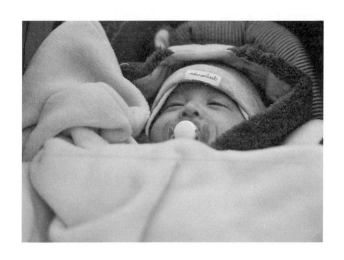

"저희 집에는 아기가 있으니까 당분간은 어머니가 적적해 하지 않으실 것 같아요."

"네~."

아들이 셋이나 있지만, 할머니는 그 어느 집에서도 마음 편히 계시지 못하는 것 같았다.

오랜만에 일찍 퇴근한 남편이 상기된 얼굴로 들어오더니 손에 든 물건을 내게 건넸다. 좀처럼 선물 같은 것을 주고받지 않는 남편이라 의아한 얼굴로 쳐다봤더니, 나보고 쓰란다.

"이게 뭔데?"

"지갑이야."

"웬일이야?"

"거래처 갔다가 근처 가게에서 눈에 띄기에 사왔어."

"마침 장지갑이 다 낡아서 사려고 했는데, 고마워."

며칠 전 남편이 내 지갑을 보면서 하나 사라고 했었는데 자기가 사갔고 온 것이다. 결혼 후 처음으로 남편에게 받는 선물이라 너무 기분이 좋았다.

"그게 뭐냐?"

"네. 어머니. 지갑이에요."

"어디 나도 좀 보자."

시어머니는 남편이 사다 준 지갑을 보여 달라고 하시더니 갑자기 나보고 달라고 하신다.

"아니, 그건 좀……."

"야야, 너는 다른 것 해라."

"아니 내가 처음으로 마누라 사준 지갑인데 엄마가 그러면 어떻게 해. 내일 내가 다른 것으로 사다 드릴게."

"어머니, 그렇게 하세요. 신랑이 처음으로 저 사다 준거예요."

신경질이 났다. 어머니는 시도 때도 없이 욕심을 내신다. '지갑이 없는 것도 아니고 멀쩡한 지갑이 있는데 왜 그러시

지? 아들이 사다 준 게 못마땅하신가?'

"엄마, 이것도 검정색이야. 집사람 것보다 더 비싼 거야. 이걸로 쓰셔."

"어디 보자……."

"어머니, 이게 더 좋네요."

옆에서 거들던 나에게 어머니는 내 지갑을 다시 가져오라고 하시더니, 또 요리조리 보시곤 바꾸자고 하셨다. 진짜 이상하시다.

"야야, 네가 이걸로 해라. 이것 나 다오."

"아니 왜 그래요, 엄마. 이게 마음에 들지 않으면 바꿔다 드릴게요."

"어머니, 그럼 제 걸로 하세요."

"안 돼, 그러지마. 내가 사준 건데 자기가 써. 엄마는 내가 백화점까지 가서 더 좋은 걸로 산 건데 도대체 왜 그러시냐고."

별거 아닌 일로 남편의 목소리가 올라갔다. 어머니는 막무가내로 내 지갑을 탐내셨다. 내 것과 똑같은 걸로 바꿔다 드린다고 하니까, 그건 헷갈려서 싫다고 하신다.

왜 그러시는지 알 길이 없었다. 결국 남편은 더 비싸고 좋은 지갑으로 바꿔서 어머니께 가져다 드렸지만, 어머니는 여전히 마음에 들어 하지 않는 눈치셨다.

선물을 사드리고도 욕을 먹은 듯 찜찜한 기분이 들어 남편도 아무 얘기를 하지 않았다. 맘에 들든 말든 모르겠다고 투덜거리는 남편을 뒤로 한 채, 어머니는 시골로 내려가셨다.

"자기가 나한테 사다 준 게 더 비싸다고 오해하고 그러신 건가, 아니면 아들이 며느리 사다 준 게 질투가 나서 그러시나?"

"해도 해도 너무하시는 것 같아."

"남편이 처음 사준 장지갑인데 어머니 것이랑 바뀔 뻔 했네."

몇 년이 흐른 후 알게 된 사실이다. 남편이 내게 사다 준 지갑은 한때 유행하던 타조가죽 지갑이었고, 어머니 지갑은 소가죽 지갑이었다. 아무리 시골 동네라지만 제법 소문난 멋쟁이시던 시어머니는 새롭고 유행에 앞서가는 것을 좋아하셨던 게 아닌가 싶다.

'그래도 그렇지. 며느리 지갑까지 탐내면서 유행을 좇기까지야…….'

그러나 이제 나이가 들어 보니, 나는 노인들이 유행에 더 민감할 수도 있음을 저절로 알게 되었다.

어머니는 짝 잃은 외기러기처럼 허전한 인생의 황혼 길에서 멋이라도 부리며 살고 싶으셨나 보다. 그래야 남은 인생 덜 외롭게 사실 수 있다고 생각하셨는지도 모를 일이다.

나도 그땐 참으로 어렸다.

세 번째 이야기

그래, 너 잘났다!

요즘은 어느 서점을 가나 공간이 따로 마련되어 있을 만큼 최신 원서들이 구비되어 있지만, 1980년대나 1990년대만 해도 컴퓨터 관련 책들은 종로서적처럼 큰 서점이나 가야 살 수 있었다. 거기에 없는 특별한 원서나 매뉴얼 등은 개인이 직접 구하거나 아니면 용산 전자상가 안에 있는 작은 서점에서 구해야 했다.

지금도 물론 그렇지만, 컴퓨터 관련 가게들이 즐비하게 늘어서 있던 당시의 전자상가는 어떤 부품이나 프로그램도 비교적 싼값에 손쉽게 구할 수 있던 일종의 도깨비 시장이었다. 특히나 비싼 정품을 사기 힘들었던 젊은층에게는 마치 모든 소원을 이룰 수 있는 요술 궁전과도 같은 곳으로, 나도 하루가 멀다 하고 새로운 프로그램이 뭐가 나왔는지, 어떤 하드웨어가 괜찮은지 알아보기 위해 한참 들락거리고 있을 때였다.

"저기요."

"네."

"데이터베이스 관련 책하고 초보자가 볼 수 있는 기초적인 PC사용법 책, C언어 책 좀 보여주세요."

"네, 이쪽에서 찾아보세요."

종업원 아가씨가 안내한 곳에서 나는 이 책 저 책 뒤져가며 책을 보고 있었다. 그때였다. 커다란 덩치의 까만 피부에 안경을 쓴 젊은 남자가 서점 안으로 들어왔다. 그 남자는 책을 여기저기서 뽑아 계산대 위에 올려놓더니, 또 다른 책을 고르러 내가 서 있는 곳으로 와서는 불쑥 말을 건넸다.

"그것보다 이 책이 보기 쉬워요."

"네?"

"이 책 내용이 더 쉽다고요."

"아, 그래요?"

나는 처음 보는 남자가 내용이 더 쉬운 책을 사라는 둥, 이 런저런 말을 걸어오는 것에 은근히 기분이 상해 뾰로통해 있 었다.

'여자가 컴퓨터 책을 사러 오니까, 아는 게 별로 없다고 생 각하나 보지? 별꼴이야!', '잘난 척 병에 걸린 놈팡인가? 정말 웃기지도 않아.' 등등 비위가 상한 나는 마음속으로 그 남자 에게 욕을 해댔다.

혼자서 이런 생각을 하며 책들을 계산대 한쪽에 올려놓는 데, 그 남자는 내가 고른 책을 훑어보고는 기분 나쁘게 다시 나를 쳐다보았다.

"미영아, 이것 다해서 얼마냐?"

"네, 70,000원이니까 20% 할인해서 56,000원이네요."

"그래? 그럼 다른 것도 한 권 더 고르고."

그 남자는 다시 책을 고르기 시작했다.

"아가씨, 저는 모두 얼마인가요?"

"네, 잠깐만요."

"85,000원이네요."

"네?"

"85,000원이요."

"아니, 나는 할인해 주지 않나요? 아까 저분은 깎아줬잖아요?"

"아, 그분은 여기 종사자라 깎아드린 건데요."

"나도 컴퓨터 업계 종사잔데 안 되나요?"

"이곳에서 일하는 분에 한해서 깎아주는 거예요."

"아~~."

"미스 리. 그 손님 것 깎아드리면 안 될까?"

"아뇨, 됐어요."

"아닙니다. 제가 산 것으로 하고 할인받아서 사세요. 그렇게 해드려. 미스 리."

도대체 누구는 깎아주고 누구는 정가대로 다 받고, 나는 기분이 나빴다.

"오늘은 깎아드릴게요. 원래는 이곳 사람만 깎아주거든요."

자기네끼리 쑥덕쑥덕하더니, 마치 선심이라도 쓰듯이 나 보고 68,000원만 내라고 한다. 책을 사면서 기분이 나쁘기는 그날이 처음이었다.

"여기요."

"네, 2000원 거스름돈이요."

잔돈을 받고 책을 들고 나오려고 하는데, 종업원은 내가 산 책들의 제목을 그 남자가 산 책들의 제목을 적은 종이에

일일이 쓰고 있었다. 무슨 일인지 잘 모르는 나는 그대로 기다리고 있었다.

"여기, 제 명함인데요. 필요하신 게 있으면 언제라도 연락주세요."

"네? 아, 네."

"미스 리, 고마워. 갈게."

그 남자는 휙 하고 책을 들고 사라졌다.

"무슨 남자가 저 모양이야, 별꼴이네. 하루 종일 작업한 프로그램을 부장님이 다 날려버리더니, 서점에서도 열 받게 하네."

컴퓨터에 대한 지식이 전혀 없는 부장님을 위한 기초 교재와 내가 볼 책을 사러 용산 전자상가에 있는 서점에 갔다가 당한 사건이었다. 나는 집에 오자마자 책상 서랍에 명함을 집어던졌다. 하루 종일 일이 꼬이는 날이었다.

"누구 디스켓 여유 있는 사람?"

"몇 장?"

"아니 한 통."

그 시절에는 플로피 디스크를 쓰던 때라 프로그램 용량이 큰 작업을 할 때는 백업 디스켓도 많이 필요했고, 컴퓨터 성능도 좋지 않아서 답답한 순간이 너무나도 잦았던 시대였다.

개인용 PC가 286에서 386으로 넘어가고, 디스켓이 2D에서 2HD로, 그 후 486의 보급과 더불어 3.5인치 디스크와 CD가 사용되기 시작하던 때였다.

"제가 용산에 갔다 올게요."

"그럼, 내 것도 부탁하자. 윈도우가 뭔지 책 한 권 사다 줘."

"네, 부장님."

일주일 후, 난 머리도 식힐 겸해서 심부름을 자청해 용산에 갔다. 다른 곳보다 디스크도 저렴하게 구입할 수 있고, 책도 구입하고 사람도 구경할겸 신이 나서 전자상가의 그 서점으로 갔다.

"안녕하세요?"

"네, 어서 오세요."

"윈도우 책은 어느 쪽에 있나요?"

"네, 저쪽이요."

그때였다. 또 그 남자였다. 난 깜짝 놀랐다. 그가 나를 보고 다가오는 게 아닌가!

"또 뵙네요."

"네?"

"지난번에 제가 명함 드렸던 것 기억하세요? 책값 때문에 일이 있었잖아요?"

"아, 네~."

남자는 일주일 전의 일을 고스란히 기억하고 있었다. 그는 아무한테나 명함을 주지 않는다면서, 자기 가게에도 필요하면 오라고 말하곤 서점을 나갔다.

"책값 10% 빼드렸어요."

"고마워요. 앞으로 자주 올게요."

나는 종업원이 알아서 할인을 해주니 기분이 좋았다.

디스크를 구입하려고 서점에서 나와 바로 대각선으로 마주보이는 상가로 들어갔다. 내 또래 정도의 젊은 남자들 여러 명이 각각의 컴퓨터 앞에 앉아 서로 얘기를 나누고 있었다.

"저기요."

"네, 어서 오세요."

"아!"

"어!"

그 남자였다.

"어서 오세요. 뭐 필요하세요?"

"네, 디스크요."

"여기 있습니다."

"얼마예요?"

디스크 값을 지불하고 나오려는데 그 남자가 내게 물었다.

"한 가지만 물어봐도 되나요?"

"뭔데요?"

"아주 기초적인 책하고 꽤나 어려운 책들을 동시에 사던데, 어떤 이유로 그렇게 책을 사는지 궁금해서요. 대부분은 비슷한 수준의 책을 사는데 아가씨가 그렇게 희한하게 책을 사니 제가 헷갈려서요."

"그게 뭐 어때서요?"

"아니, 여자 분이 컴퓨터에 관심이 많은 것 같기도 하고, 책값 때문에 따지는 모습도 그렇고, 궁금해서 제가 명함까지 줬는데요."

"아~, 기초 책은 컴맹이신 우리 부장님 가르쳐 드리려고 샀고요. 나머지는 제가 보려고 샀어요."

"아, 그러시구나."

"네, 많이 파세요."

"네, 또 필요한 것 있으면 언제든지 연락주시고 오세요."

"네."

난 쌩 하고 상가를 나왔다. 아무한테나 명함을 주지는 않나 보네.

3개월 후, 나는 중요한 프로그램을 구해야만 했다. 번개처럼 그 남자가 생각났다. 서랍을 뒤져 명함을 찾아 전화를 했다.

"여보세요?"

"저기요~, 몇 달 전에 서점에서 명함을 받았던 여잔데요. 저 기억하세요?"

"네, 저희 가게에 오셔서 디스크도 사가셨잖아요. 기억합니다."

"어휴, 잘됐다. 다름이 아니라 ○○프로그램, 혹시 복사본 구할 수 있나요?"

"그건 지금 저희 가게에 없는데 구할 수는 있어요. 내일 말고 모레 오후에 아무 때나 오세요."

"모레면 토요일인데 가게에는 오후 몇 시까지 계시나요?"

"저녁까지요. 시간될 때 오시면 됩니다."

"네. 고맙습니다."

이때만 해도 정품보다 불법 복사본이 만연해 있었고, 사람들 누구나가 아무런 죄의식 없이 필요한 프로그램을 복사해서 썼고, 용산 전자상가 등의 컴퓨터 관련 상가 주변 가게들에서는 디스크에다 여러 가지 프로그램을 복사해 팔기도 하던 때였다.

"안녕하세요?"

"네, 어서 오세요."

"프로그램은요?"

"조금만 기다리세요."

십 분, 이십 분, 삼십 분, 시간이 계속 흘러가고 있었다.

"저기요?"

"아, 네."

"프로그램은요?"

"아, 후배가 복사해서 갖고 오기로 했는데 아직 오질 않네요."

"그럼, 그냥 갈게요."

"아닙니다. 조금 있으면 올 테니까 조금만 더 기다려 주세요."

"네, 알겠어요."

"커피 한 잔 더 드릴까요?"

"아뇨. 괜찮아요."

전혀 괜찮지 않았고, 슬슬 성질이 났다. 온다던 후배는 코빼기도 보이지 않고, 토요일 오후의 황금 같은 시간을 여기서다 보내고 있자니 나도 모르게 부아가 치밀어 올랐다.

"야, 니꼴, 어디야?"

"네. 형."

"뭐해. 빨리 오지 않고."

"형 위해서 준비하고 있죠."

"빨리 와."

"형이 와요."

"뭐? 프로그램 복사해서 갖고 오라 했잖아."

"오늘 꼭 필요한 거였어요?"

"그래. 지금 손님이 기다리고 있단 말야."

"어떡하지 형. 난 나중에 줘도 되는 줄 알았는데."

"무슨 소리야. 한 시간째 너 오기만 기다리고 있는데."

"난, 엄마 레스토랑에서 형 생일 준비하고 있었지."

"뭐야, 인마?"

수화기 너머 쩌렁쩌렁한 목소리로 태연하게 말하는 상대 방이 너무 미웠다.

"이거 죄송하게 됐습니다."

"아뇨, 제가 잘못한 것 같네요. 무리한 부탁을 드린 것 같 아서 죄송합니다."

"아닙니다. 다음번에 꼭 복사해놓겠습니다."

"일찍 전화해 보셨으면 좋았을 것 같네요."

"제가 대신 사과드리겠습니다."

"아뇨, 구해주지 않으셔도 됩니다. 제가 알아서 할게요."

"정말 죄송합니다."

친구들과의 약속도 모두 취소하고 낯선 남자들이 득실대는 이곳에서 몇 시간이나 기다렸는데, 아니 어떻게 이럴 수가 있단 말인가. 나는 너무나 황당하고 화가 나서 기도 안 찼다.

가게를 나오기 위해 의자에서 일어나 걸음을 옮기는 순간, 나도 모르게 눈물이 나면서 얼굴이 후끈거렸다. 그런데 뒤돌아 나오면서 내가 눈물을 훔치는 모습을 그 남자가 봐버렸다. 상가가 넓어 보이라고 입구를 빼고는 온통 거울로 도배를 해놓은 덕에 내 모습이 비춰진 모양이다.

"저기, 잠깐만요."

그 남자가 내 팔을 붙잡았다. 난 고개를 숙이고 아무 말도 하지 않고 울면서 서 있었다.

"다들 나가 있어. 아니 오늘은 그냥 다들 먼저 들어가라."

"형, 오늘 생일이잖아."

"그래 형, 우리도 계속 기다리고 있었는데."

"그럼, 너희 먼저 가 있어."

"빨리 와라. 먼저 간다, 친구야."

사내들이 우르르 밖으로 나갈 때까지 난 계속 울고 있었다.

"여기, 손수건이요."

"됐어요."

남자는 자기 손수건을 건네며, 정말 미안하다고 몇 번이나 말했다. 그러나 내 머릿속에는 빨리 이 어색한 상황에서 벗어나야겠다는 생각만 들었다.

"생일이라면서요."

"네."

"어서 가보세요. 저도 갈게요."

"아뇨. 울지 마세요. 죄송해요. 일부러 골탕 먹이려고 그런 게 아닌데, 정말 미안합니다."

"제가 주책이네요. 처음 보는 남자 앞에서 울기나 하고 죄송해요."

"아니요, 프로그램을 오늘 꼭 갖고 오라고 확인했어야 했는데 제 불찰입니다."

"이제 됐어요."

"아닙니다."

"팔 좀 놔 주세요. 아파요."

계속 팔을 붙들고 가지 못하게 잡고 있어서 팔이 아팠다.

"아, 미안합니다."

"아니에요."

"아뇨. 제가 미안해서 그러죠. 다음 주 수요일쯤 오시겠어요? 제가 그날까지 꼭 복사해 놓겠습니다."

"아뇨. 오기 싫어요."

"그럼 지금 복사하러 갈 테니까 같이 가시죠."

"친구 분들이 기다리시잖아요."

"지들끼리 놀라하고 저랑 같이 가시죠."

"아니에요. 저 그만 갈게요."

"그럼 못 가십니다. 약속을 하고 가시든지 아니면 연락처를 주시든지 하시죠. 그럼 보내드리겠습니다."

"연락처는 가르쳐 드리기 싫고요, 수요일은 거짓말같이 들리겠지만 제 생일이어서 여기 오지 못해요."

"정말 생일입니까?"

"네."

"정말로요?"

"네, 전 음력생일을 챙기기 때문에, 수요일이 19일이거든요."

"저도 오늘이 음력으로 15일 생일입니다."

"그러니까 아까 그분들 기다리시겠네요. 빨리 가보세요."

"제가 빨리 가도록 연락처 주세요. 복사도 해드릴게요."

"싫어요. 이제 갈래요."

"아뇨, 연락처 주세요."

"여기 제 명함인데, 전화하지 마세요. 갈게요."

"네, 죄송했습니다. 안녕히 가세요."

나는 얼른 그 자리에서 빠져나오고 싶어 명함을 주고는 도망치듯이 집으로 돌아왔다.

"나쁜 놈. 나쁜 놈. 나쁜 놈."

내 생일날이었다. 아침부터 미역국에 잡채에 갈비에, 한상 가득 내가 좋아하는 음식들로 차려진 엄마의 밥상을 비우고 기분 좋게 회사로 출근했다.

"좋은 아침."

"응, 좋은 아침이네. 생일이라고 누가 꽃다발 보냈던데?"

"아, 고등학교 친구가 보냈을 거예요. 친한 친구가 둘 있거든요."

열두 시 점심시간이었다. 윤희와 정숙이가 함께 점심을 먹으려고 회사 앞에서 기다린다고 전화가 왔다. 나는 반가운 마음에 부리나케 나갔다.

"야, 누가 꽃 보냈어?"

"나는 아닌데."

"나도."

"뭐?"

"우리는 둘이서 이걸 사왔지."

"뭐라고?"

"누가 보냈는지 몰라?"

"메모도 없고, 내가 누구를 만나고 있는 것도 아니고, 나도 모르는 내 남자가 어디 숨어 있나?"

"야, 그만 웃겨."

"그래. 밥이나 먹자."

생일날은 대개 저녁때 친구들을 만나지만, 부산이 집인 정숙이는 오후에 내려가야 하고, 윤희는 아픈 엄마 때문에 일찍 집에 들어가야 해서 점심때 만나게 되었던 것이다.

퇴근시간이 다가오고 있었다. 다른 날 같으면 퇴근하자마자 집으로 가지만, 오늘은 생일날인데도 아무 약속도 없고, 그냥 집에 가려니 약간 서운한 마음도 들고 있을 때였다.

"따르릉."

"네. 여보세요."

"꽃은 마음에 들어요?"

"누구세요?"

"접니다. 복사본 준비해 놨어요. 제가 갈까요, 아님 이리 오실래요?"

"약속 있어요."

"약속 끝나고 오세요. 지난번에는 기다리게 했으니까, 이번에는 제가 기다리겠습니다."

"기다리지 마세요. 안 가요."

"프로그램 필요한 것 아니었나요? 와서 가져가세요. 올 때까지 기다리겠습니다."

"괜한 오기 부리지 마세요. 안 가요."

"생일이라고 한 것 같아서 꽃도 보냈는데, 저녁이나 함께 먹어요. 오세요."

"기다리지 마세요."

"올 때까지 가게 문 안 닫고 있을게요."

난 이미 용산으로 향하고 있었다. 오늘은 한껏 멋도 부리고 출근한터라 우습게 보이지 않을 자신이 있었다. 지난번에는 칠칠맞게 잘 알지도 못하는 남자 앞에서 울기나 하고, 정말 내 꼴이 말이 아니었었다. 오늘은 반드시 만회하리라.

"어서 오십시오."

"오늘은 아무도 없네요."

"네, 모두 퇴근했어요."

"아~."

"잠시만요."

그는 내게 복사본을 넘겨주고 서둘러 뒷정리를 하더니 함께 나가잔다. 집이 어디냐고 묻기에 마포에 산다고 대답했더니 홍대 근처로 가자고 했다. 난생 처음으로, 그것도 생일날, 잘 알지도 못하는 남자를 따라 저녁을 먹으러 가다니, 그때 내가 꽤 용감했었나 보다.

"이름이 카사블랑카네요."

"네, 여기 커피가 기가 막히게 맛있어요."

"그래요? 그럼 저도 커피 한 잔 마실게요."

"저녁은 드셨나요?"

"아니요, 아직 안 했어요."

"그럼 식사도 시키죠."

"네, 그럼 복사본도 받았으니까 저녁은 제가 살게요."

"아닙니다. 지난번 일도 있고 사과하고 싶어서 만나자고 했으니 제가 내죠."

"아니에요."

"그럼 누가 내든, 배가 고프니 일단 주문부터 하지요."

"그래요."

"생일이니까 술은 샴페인이 어때요?"

"저 술은 한 모금도 못 마셔요."

"아. 그럼 저만 맥주 한 병 마실게요."

"그러세요."

겨우 얼굴 몇 번 마주친 낯선 남자와 저녁을 먹는 것이 내게는 그리 쉬운 일이 아니었다. 그러나 사회생활을 하면서 조금씩 여러 가지 일에 변화를 가져야 한다고 생각하던 나는 태연한 척 접시를 비우기 시작했다. 커피를 마시면서 그 남자는 나를 서점에서 처음 봤을 때 꽤 흥미로웠다고 말하며 웃음을 지었다.

"뭐가요?"

"여자가 컴퓨터를, 그것도 전문가들이나 찾는 C언어를 찾기에 적잖이 흥미로웠고, 한꺼번에 많은 양의 책을 고르는 모습이 제 관심을 끌었습니다."

"남자만 컴퓨터 잘하라는 법은 없잖아요? 그리고 한 번에 여러 권의 책을 사면 부자가 된 것 같아서 기분이 좋거든요."

"덕분에 저도 그날 다시 공부해야겠다고 느꼈어요. 저는 전산학과를 나왔거든요."

"아, 네."

상투적이고 피상적인 질문이 오고간 뒤에 우리는 그곳을 나왔다. 그때까지만 해도 그 '카사블랑카'가 우리의 아지트가 될 줄은 꿈에도 몰랐다.

어둠이 내려앉은 2월의 어느 날, 거리에는 어느샌가 봄을 재촉하는 겨울비가 소리 없이 내리고 있었다. 갑작스런 비에 미처 우산을 준비 못 한 내가 짧은 인사말을 건넨 후 집으로 가려하자, 그는 가방에서 접이식 우산을 꺼내 내게 주더니 코트 깃을 여민 채 건너편으로 가버렸다.

"어쩌지, 우산을 빌려 가면 돌려주러 또 가야하는데."

일주일이 흘렀다. 우산을 돌려주러 가야하는데 비가 오지 않는다. 평소에는 비가 오면 중요한 일이 있지 않는 한 절대 집 밖으로 나가지 않았던 내가, 때 아니게 비를 기다리고 있었다.

"저, 우산 돌려주러 왔어요."

"와, 이제 오십니까?"

"네?"

"벌써 13일이나 지났잖아요? 계속 이제나 저제나 기다리고 있었는데, 오시지 않아서 저 까먹은 줄 알았습니다."

"아뇨, 그동안 비가 오지 않아서 이제야 왔어요."

"맑은 날 주러 오셔도 되는데, 어쨌든 기다렸습니다."

"미안해요. 여기 우산이요."

"잠시 기다리세요."

"네."

우산을 건네받은 후 다시 일을 시작한 그는, 마치 내 존재를 까맣게 잊은 것처럼 아무렇지도 않게 자기 일에만 집중했다.

"저기요?"

"네."

"저 이제 이만 갈게요."

"아뇨, 조금만 더 기다리세요. 하던 일 마저 마치고요."

"그냥 갈게요."

"다 됐어요, 잠시 더 기다리세요."

그 무렵 용산 전자상가에서는 조립 PC를 판매하는 가게가 많이 있었다. 손님이 원하는 사양대로 컴퓨터를 꾸며 하드

웨어를 조립한 후, 기본 운영체제와 간단한 프로그램을 깔아주는 가게가 대부분이었는데, 그 남자도 바로 그런 일을 하고 있었다. 컴퓨터에 대한 기본 이해가 있었던 나는 그가 하는 일을 금방 파악할 수 있었기에 마음을 다잡고 조금 더 기다리기로 했다.

"다 끝났어요. 기다리게 해서 미안합니다. 이놈을 내일 시집보내야 하거든요."

"네?"

"갑자기 주문이 들어왔는데 내일까지 출고해야 해서요. 조립은 다했는데 계속 시스템을 돌려서 잘못된 부분은 없는지 확인하느라 시간이 걸리네요. 죄송합니다."

"바쁘시면 계속 일하시지 왜 쓸데없이 기다리라고 하세요."

"오늘 오셨잖아요. 내일은 안 오실 거니 붙잡은 겁니다. 기계도 내보내야 하고 커피도 마시러 가고 싶기도 해서요."

"바쁘시면 다음에 올게요."

"아뇨. 오늘 커피 마시러 카사블랑카에 같이 가요. 다 끝났으니 이제 갑시다."

이 남자 웃긴다. 그래도 기분은 좋다. 평소에도 하루에 열 잔 정도의 커피를 마시며 일을 하던 나는 맛있는 커피를 사준다는 이 남자가 싫지 않았다. 아니 사실은 좋았다.

"여기 자주 오시나 봐요?"

"아, 네. 이 앞에 아는 동생이 하는 레스토랑이 있어서 자주 들리기도 하고, 친구들하고 한잔 할 때도 즐겨 찾는 동네거든요."

"댁에서 가깝나요?"

"아뇨, 멀죠."

"저희 집에서는 차로 오 분 정도 거리라 걸어도 삼십 분밖에 걸리지 않아요."

"그럼 앞으로 이곳에서 만나기로 하죠."

"네?"

"저는 스물여섯 살이고, 이름은 이미 아실 테고, 전산학과를 나왔고, 3남 1녀 중 장남이고, 부모님 다 살아계시고, 하는 일은 아까 보시다시피 이것저것 하고 있습니다."

"왜 그러세요?"

"앞으로 계속 만나보려면 나에 대한 기본 정도는 알아야 할 것 같아서요. 더 자세히 호구조사 할 내용이 있으면 물어보세요."

"아니, 그게 아니라 우산도 돌려주고, 앞으로 제가 도움이 필요하면 오겠다고 말하려고 왔는데."

"도움이 필요할 때도 오고, 디스크나 살 것 있으면 오고, 커피 마시러도 오고 그러세요."

"거기가 커피숍도 아니고 물건 살 것 있으면 갈게요."

"실례지만 몇 살인가요? 저보다 어려 보이는데요."

"아뇨, 저도 스물여섯 살이고, 그쪽보다 생일은 4일 뒤고, 문과 출신이고, 1남 2녀 중 장녀고, 부모님 다 계시고, 컴퓨터 회사에서 근무하고 있고, 커피를 좋아해요."

우리는 간단한 질문과 답변을 하면서 서로에 대해 호감을 드러냈다. 이런 만남이 익숙하지는 않았지만 격식을 차린 장소가 아니라 그런지 나도 부담감 없이 이런저런 얘기를 하면서 밤늦도록 대화를 이어나갔다. 그는 여자와 대화하는 모습이 자연스러워 보였다.

"저 왔어요."

"음, 어서 와."

잉!!

동갑이라고 나이를 가르쳐 준 이후 다시 상가를 찾았을 때, 그는 아주 오래 알던 사람을 대하듯이 나에게 반말을 하면서 앉아서 기다리라고 했다. 한참을 기다리고 있는데, 그는 갑자기 옆에서 작업하고 있던 사람에게 이제 그만하고 나머지는 내일 하자며 퇴근하자고 했다. 정해진 퇴근시간이 없나?

"저, 여기는 몇 시가 퇴근이에요?"

"일곱 신데요. 한 번도 제때 퇴근한 적이 없어요."

옆에서 일하던 남자가 입을 내밀며 웃었다. 그러더니 내게 말을 건넸다.

"아가씨가 자주 오시면 좋겠어요."

"네, 왜요?"

"그건 형한테 물어 보십시오."

"아니, 여기 사장님은 누구세요? 올 때마다 한 번도 본 적이 없는데."

"사장님이 누군지 모르세요?"

"네."

"형이 사장님인데요."

"사장님한테 정시에 퇴근시켜 달라 하세요. 요즘 시대에 그런 악덕 사장이 어디 있어요? 야근수당 달라고 하세요."

"형, 들었지? 난 퇴근한다."

"설마!"

"네. 그 악덕 사장이 접니다."

"어머, 미안해요. 난 나이가 나랑 동갑이어서 여기서 일하는 직원인 줄 알았어요."

"음!"

"명함에도 직함이 없었던 것 같은데요."

"사장이라는 타이틀이 어울리지 않아서 쓰지 않았어요. 그런데 악덕 사장이라니 그건 좀 심했다."

"아니, 직장인들은 퇴근시간과 월급날을 지켜줘야 일할 맛이 나잖아요. 그렇지 않나요?"

"월급날은 지키고 있고, 퇴근시간은 아직 제대로 지키지 못해요. 일거리가 많을 때는 힘들거든요. 대신 수당은 줍니다."

"아, 죄송하네요. 잘 모르고 말해서."

"아뇨, 그래서 찬이가 현숙씨 보고 자주 오라고 하는 거예요."

"왜요?"

"내가 일하다 말고 가자고 하니까, 찬이는 현숙씨 안 오냐고 매일 물어보거든요."

"어~, 그럼 제가 자주 오면 일하는 데 방해되겠네요."

"아니, 오지 않으면 언제 오나 신경 쓰여서 집중이 안되니까 차라리 매일 오면 좋겠어."

"웃겨."

"내가 매일 커피 사 줄게."

"나도 돈 있는데."

"내가 더 많이 벌거든."

그렇게 우리는 서점에서 우연히 만나 서로 관심 있는 분야에 대해 이야기도 나누고, 카사블랑카에서 커피도 마시고, 새로 나온 컴퓨터 프로그램을 돌려보기도 하면서 붙어다니는 사이가 되었다.

두 번의 계절이 지나고 봄바람이 심하게 불던 어느 날이었다.

그는 내게 할 말이 있다며 홍대 앞이 아닌 돈암동까지 가서 분위기를 잡더니, 지금까지 나에게 말하지 않았던 사실을 이야기하면서 엄청 울었다. 자신의 불치병에 대해 털어놓았던 것이다.

나를 만나면 만날수록 속이고 있는 자신이 싫었지만, 솔직하게 말하면 내가 떠나가버릴까 봐 미치도록 무섭고 두려워 말을 하지 못했다는 것이다. 하지만 어차피 헤어져야 한다면 서로에게 상처가 되지 않도록 하루라도 빨리 헤어지는 게 맞을 것 같아 이제라도 고백하는 것이라고 했다. 우린 오래도록 말없이 앉아 있었다.

"알았어. 말해줘서 고마워. 그런데 말하려면 빨리 말하든가 아니면 죽을 때까지 말하지 말든가 하지. 이제 와서 내가 자기를 좋아한다는 확실한 믿음이 있으니까 말하는 거잖아."

"……."

"너무 잔인해. 이제 와서 나보고 어쩌라고 선택권을 주는 거야. 처음부터 서점에서 아는 척을 하지 말든가 할 것이지, 왜 그러는 건데."

"……."

"호구조사는 왜 하고, 커피는 왜 사준다고 매일 부르고 난리쳤는데."

"……."

"이제 와서 왜 나한테 말하고 그래. 말하지 말지. 안 듣고 못 들었으면 좋았을 말이었잖아."

"미안하다."

"여기까지 오게 해놓고 왜 이러는 건데."

"헤어지자고 하면 마지막으로 길게 바래다주고 싶어서 너희 집과 우리 집 중간에서 보자고 했어."

"무슨 심보야? 마지막 순간에는 빨리 가버리는 게 좋지. 집 앞 5분 거리에서 만났는데, 이곳까지 와서 헤어지자고 하는 거야?"

"아니, 헤어지자는 게 아니고 아픈 나를 만나도 괜찮겠냐고 묻는 거잖아."

"진짜 이기적이다."

"미안해."

"난 잘 모르겠어. 너무 어려운 숙제를 내주네. 나로서는 혼자 감당하기 벅차. 엄마한테 상의해보고 대답할게."

"알았어. 미안해."

"데려다주지 않아도 되니까 나 혼자 갈래. 여기서 헤어져."

집으로 돌아와서 나는 엄마에게 자초지종을 이야기했다.

"딸이 난생처음 사귀기 시작한 남자가 하필이면 불치병이라니!"

엄마는 내 얘기를 듣더니 가만히 우셨다. 그러고는 한마디 말씀을 하셨다.

"참, 착하고 반듯한 남자구나! 만나지 마라."

"엄마!"

"아무리 말해도 소용없다. 그 애도 얼마나 괴로우면 결정을 못하고 너보고 하라고 하겠니."

"엄마……."

"그래 내가 너를 낳은 엄마다. 그래서 그 남자와 사귀고 결혼하는 것, 허락 못한다."

"엄마, 그냥 만나고 지금처럼 같이 커피도 마시고 놀고 그러면 안 돼?"

"아니, 그러다 정들면 더 힘들어져서 안 된다."

"어제까지만 해도 모르고 만났었잖아? 그런데 사귀는 게 왜?"

"사귀는 것도 안 돼. 이다음에 네가 시집가서 결혼해 봐. 엄마의 지금 결정이 옳았다고 고마워할 테니까."

"만나도 일과 관계된 것만 하고 따로 커피를 마시거나 놀지는 않을게."

"안 돼. 이미 좋아하기 시작했으니 이제는 이성적으로 판단해서 멈출 수가 없어. 보지 않는 게 상책이다."

"엄마!"

"너도 아이 낳아봐라. 남편도 아픈데 자식까지 아파봐. 가슴이 갈가리 찢어져서 너덜너덜해진단다."

"엄마. 그러면 어떡해야 하는데."

"네 남자 친구 엄마가 그 병을 낫게 하려고 얼마나 애쓰셨는지, 너희들은 절대 모른다. 그 부모도 참으로 고단한 삶을 사셨겠네."

"그렇다고 만나는 것도 하지 말아야 돼?"

"그래, 그 애도 힘든 결정을 하기로 마음먹은 이상 계속 만나는 것은 전혀 도움이 되지 않는다. 지금 잠시 속상해도 이성적인 판단으로 멈출 줄 알아야 해."

"네."

엄마의 말이 다 옳다. 그러나 사람의 마음이 어디 항상 이성적이기만 하던가?

다음 날 하루를 울고 난 후, 나는 그에게 만나지 말자고 연락했다. 그 후에 난 그곳에 가지 않으려 어지간히도 애를 썼다. 하지만 핑곗거리를 만드는 건지, 일 때문인지, 자주 그곳을 가게 되면서도 그와는 일정한 거리를 둔 채 그렇게 지냈다. 그러나 사랑도 아니고 우정도 아닌, 그런 어정쩡한 관계는 그리 오래가지 못했다.

오래도록 잊히지 않는 멜로 영화 속의 주인공처럼, 그렇게 잘난 척하며 다가왔던 그 사람은 나의 첫 남자 친구였다.

그는 지금도 묵묵히 혼자 자신의 삶을 살아가고 있다.

네 번째 이야기

잃어버린 말, '아빠'

"왜 전화를 안 받아요? 동생한테서 여러 번 전화 왔었어요."

"무슨 일인데 너한테까지 연락이 왔어?"

"친정아버지가 위독하신데, 언니가 전화를 안 받아 저한테 연락했대요."

"……."

"우리한테까지 연락이 온 걸 보니 빨리 가봐야 될 것 같아요."

"알았어."

갑자기 2년 전 의사선생님의 당부 말씀이 떠올랐다.

대장암 수술을 받은 지 6년이 지난 어느 가을 날, 심근경색으로 다시 응급실을 찾게 된 친정아버지는 관상동맥 스탬프 시술과 임시방편으로 심장 기능을 되살려놓는 수술을 받으셨다. 다행히 고비를 넘긴 아버지는 중환자실에서 보름을 넘게 버티신 후 기력을 되찾아 퇴원하셨다. 그때 담당 주치의가 하신 말씀은 "2년 안에 재수술을 받지 않으면 천수를 누리기 힘들다."는 것이었다. 물론 수술비도 '억' 단위가 될 것이라고 했다.

올 것이 왔구나 싶었다. 여동생과 나는 애초에 알고 있던 일이라 이내 담담해졌다.

"아빠! 병원에서 2년 안에 꼭 다시 수술을 해야 한다는데, 갖고 있던 통장에 현금도 없고 도대체 어디에다 돈을 썼나요?"

"한두 푼도 아니고 그 많은 돈이 다 어디로 갔어요?"

아버지는 다그치는 나와 여동생에게 막무가내로 입을 다물고 묵비권을 행사하셨다. 행여나 알게 되면 형제간의 의가상할까봐 걱정하신 것이다. 하지만 아버지는 통원치료를 받으며 서서히 말문을 여셨고, 그 돈은 남동생 내외가 빌려갔다고 털어놓으셨다.

"수술비만 팔천에다 입원비까지 합치면 일억 가까이 필요한데, 빌려줬다고 했으니까 동생 내외한테 돌려받으세요."

"나랑 은희는 능력이 안 되니까 동철이한테 빌려준 돈 돌려받아서 빨리 재수술하자고요."

"늦어지면 죽는다고 했어요. 자식 말 못 믿겠으면 의사한테 직접 물어봐요."

"땅은 어떻게 됐나요?"

"그거라도 팔아서 수술하든지 손을 빨리 써야 한다고 했으니까 더 살고 싶으시면 조치를 취하세요."

"장모님, 아니 아버님은 왜 머뭇거리고 계신가요? 급한 상황이라는데 뭘 망설이고 있습니까?"

"아냐, 알아보고 있으니까 기다리게, 강서방."

"엄마는 갖고 있던 돈은 죄다 동철이 주고 뒤치다꺼리는 왜 우리한테 시키고 그래?"

"걔들 전세금 올려준다고 빌려갔으니까 줄 때까지 기다려야지."

"무슨 전세금. 걔네 재산이 얼마나 많은데 개 풀 뜯어 먹는 소리야?"

여동생이 울면서 나지막이 물었다.

"내가 힘들 때는 단 한 푼도 없다고 해놓고 이제 와서 무슨 말도 안되는 소리야?"

"엄마, 걔들은 상가에서 월세 받아 주식투자나 하고 해외여행이나 다니는데 무슨 전세금?"

"지들 집하고 상가가 몇 채나 되는데 전세금 타령이야? 말도 안되는 소리하고 있어."

"아냐. 사는 아파트가 전세래. 그래서 빌려줬어."

"그 말을 믿었어?"

"조카애들 명의로까지 건물이 있고 죽을 때까지 먹고살 게 있는 애들한테 무슨 돈을 빌려줘?"

"현금이 없어서 급했나 보지."

"아이쿠! 마음이 태평양이네."

"나나 은희 명의로 된 통장까지 다 가져가더니 걔들한테 홀라당 준거야?"

"갖고 있는 돈은 얼마나 있는데?"

"없지. 푼돈만 조금 있어."

"그럼 아빠 수술은 어떻게 할 거야?"

"애들한테 달라고 해야지."

"알아서 받아. 나랑 은희는 돈 없는 거 엄마가 더 잘 알잖아."

"그래, 알았어. 알아서 할게. 정신 사나우니까 이제 그만 다들 가라."

엄마의 매몰찬 목소리에 나와 여동생은 의심을 거둘 수가 없었다. 그러나 당신들이 벌인 일이고 당신들 돈으로 빌려줬다는데 할 말이 없었다.

6개월이 지났다. 아빠는 수많은 종류의 약물 치료로 연명하시면서 삶의 의욕이 생기셨는지, 수술을 받으면 괜찮으냐고 자꾸 되물으셨다.

"병원에서 뭐라고 하는데요? 시키는 대로 하면 오래 사실 수 있다잖아요. 의사가 괜히 의산가요? 요즘 얼마나 의학이 발달했는데요. 맘대로 하세요."

"애들이 돈을 돌려달라니까 자기들 쓰라고 그냥 준 것 아니었냐고 오히려 큰소리친다."

"빌려줬다면서요. 그런데 걔들이 이제 와서 허튼 수작을 부려요?"

"며느리가 시아버지 상대로 사기 치는 것도 아니고……."

애써 담담한 모습으로 말씀하시는 아버지의 입가에는 쓴 웃음이 보였다. 그 후 아빠는 변호사를 알아보는 등 나름대로 조심스럽게 행동하셨다.

"아니, 엄마 그러면 땅이라도 팔아서 우선 수술부터 하면 되잖아?"

"그게…… 네 아빠한테 물어보렴."

"왜?"

"몇 년 전에 땅도 다 증여해줬어."

"뭐라고? 미쳤어."

그랬다. 7대 독자 아들한테 모두 다 주고 싶었나보다. 딸들 모르게 아들과 며느리 이름으로 땅까지 다 줬다. 그래놓고는 아들 내외가 나 몰라라 하니까 굉장히 서운하셨나보다.

그때부터 난 미친년처럼 굴었다. 세상에 부모가 어찌 이럴 수 있단 말인가. 아무리 아들 선호사상이 뿌리깊이 박힌 노인네라 할지라도 말이다. 그런 속내를 감추고 사위한테 땅값을 알아보라고 심부름까지 시켰던 아빠가 너무나 미워졌다.

"나한테 해준 것도 없고, 은희도 힘들게 사는데 우리한테 줄 몫까지 다 줬다고?"

"나중에 동철이가 지 누나랑 동생을 챙겨줄 거라고 믿었지."

"그런 아들 내외한테 따뜻한 밥 한 그릇도 대접 못 받았으면서 그런 바보 같은 일이나 벌이고……. 형제들 중에 제일 잘사는 앤데, 왜 다 줬어?"

"심장 수술할 때도 들여다보지 않던 애들인 것 몰랐어요?"

"자기네 시간 없다고 며느리가 한 번도 병원 근처에 와보지 않았는데 몰랐어?"

"그 잘난 아들도 아빠가 쓰러져 입원했던 날만 와보고는 나 몰라라 하고."

"재산이 많으니까 선산이랑 땅도 잘 지켜나가겠다 싶어서 그랬지."

"돈 없는 나나 은희는 그 땅 못 지킬까봐서요? 아예 말을 말지, 왜 아무것도 모르는 사위한테 땅값을 알아보라고 시켰는데?"

"모르고 있는 거랑 알고 못 받게 된 거랑 다르잖아."

"무슨 염치로 우리한테 이러는 건데. 한두 번도 아니고 아플 때마다 연락하고."

"증여해줄 때 잘한다고 했어. 그래서 믿고 줬지."

"그런 애가 수술할 때 와보지도 않아?"

"남은 여생 편히 모신다고 했다며? 동철이 내외한테 연락해요. 나랑 은희한테 바라지 말고."

"이렇게 아들 내외한테만 주면 나중에 형제끼리 싸움 날 수 있다고 변호사가 말하긴 했어."

"이제 와서 소용없는 말이야."

"아빠가 했으니 아빠가 되돌려 놔."

"그렇지 않으면 형제간에 싸움 날 거니까."

"난 아빠 돌아가시면 유류분반환청구소송 할 거야."

"두고 봐. 가만 안 있어."

그렇게 가시 돋친 말들을 퍼붓는 사이에 아빠는 내가 세상에서 가장 미워하는 사람이 돼버렸다.

학원 사업도 제대로 안되는데다 다리까지 다친 남편이 집에서 백수 생활을 하고 있을 때라, 나는 그런 부모를 이해하기 싫었다. 자신의 형편이 어렵다보니 남의 사정을 헤아릴 여유가 있을 리 없던 남편은 장인의 그런 행동을 알게 된 후로는 처갓집에 가는 것을 꺼려했다. 그 심정이 충분히 이해는 가면서도, 한편으로는 그런 남편의 모습에 서운한 생각이 들었다.

"자기가 왜 처갓집 재산에 감 놔라 배 놔라 하는데."

"내가 언제? 우리 형편이 이런데 자꾸 아프시다 연락이 오니까 부담돼서 그러지."

"그래도 내가 알아서 할게."

"그래 잘 해결해라."

"골치 아프다."

이혼 후 혼자 사는 여동생도, "아직 살아계신 것은 모든 것을 제자리로 돌려놓고 죽으라고 하늘에서 시간을 준 것"이라며 아빠에게 모질게 대했다.

중간에 낀 엄마는 계속 그만하라고 야단이셨다. 가뜩이나 심장이 좋지 않으신 아빠에게 심한 말은 삼가라며, 그럴 거면 친정에 오지도 말란다. 때리는 시어머니보다 말리는 시누이가 더 밉다고, 이제는 엄마까지도 미워졌다.

그렇게 시간은 흘러갔고, 나는 틈틈이 친정에 갈 때마다 솟구치는 화를 주체하기 힘들었다. 한 번도 들여다보지 않는 남동생 내외에다가, 숨 쉬는 것조차 힘들어하는 아빠의 모습을 볼 때마다 미칠 것 같았다.

"아빠. 아빠가 직접 증여 취소해야 된대. 우리는 아무런 권리가 없잖아. 변호사한테 가서 상담하고 왔어요. 힘내서 아빠가 해요. 우리가 도와줄 수 없어요."

"그래도 아빠 살아계실 때 해야 일이 편하다고 하네요."

"나도 알아봤다."

그런 짧은 대답 뒤에 아빠의 입에서 나오는 말은 그저 "자식을 어찌하냐. 어찌 부모가 자식과 싸우나."뿐이었고, 고작 더해야 "9시 뉴스에 나올 일."이라며 한숨을 내쉬는 것이었다. 그런 모습을 지켜보던 나는 친정에 가기가 싫어졌다. 점점 무기력하게 행동하는 노인네의 모습이 보기 싫었기 때문이다.

바람이 서늘하게 느껴지던 어느 청명한 가을날이었다. 아빠가 아파서 열흘간 병원에 계시다가 퇴원했다는 소식을 여동생에게 전해 들었다. 동생은 이제 자기도 더 이상 능력이 안된다며 걱정했다.

"언니, 또 병원비가 천만 원 들었어. 엄마가 해달라는데 어떻게 해."

"미안하다. 언니한테 말도 못하고 혼자 해결하느라 고생했네."

"오빠는 뭐하는 인간이야?"

"새언니도 그렇고. 다들 구경꾼이야."

"손가락 빨고 있어서 도움도 못 주고, 미안해."

듣기 싫었다. 나도 죽고 싶을 만큼 힘든데, 그 많던 돈은 다 어쩌고 못사는 나와 여동생을 이렇게 괴롭히는지, 그런 부모가 세상천지에 또 어디에 있는지, 너무나 미웠다.

11월 1일.

부모님의 금혼식 날이었다.

결혼해서 오십년을 같이 살았으니 미운 정 고운 정 다 들었을 테지만, 상대방의 진짜 속마음을 얼마나 잘 알까싶다. 난 가지 않았다. 아빠가 엄마랑 단둘이 계시고 싶다고 했기 때문이다.

11월 16일.

엄마의 생신날이었다. 엄마는 아무것도 드시지 않고 온종일 중환자실을 지키셨다.

11월 18일.

일요일 아침이었다. 누가 현관 벨을 요란하게 눌러대기에 짜증이 났다.

"도대체, 지금 아침 여덟 시야. 왜?"

"동생분이 언니한테 연락 좀 해달라고요. 아빠가 위독하시데요."

전화기가 꺼져 있어서 연락이 안 되자 다급해진 동생이 아는 후배한테 직접 찾아가달라고 부탁했던 것이다.

"고대 안암병원 중환자실로 오라고 했어요. 마지막 같다고 하네요."

"……"

"뭐해요. 빨리 가보세요."

"……"

"왜 그래요. 그래도 가보셔야죠."

전후 사정을 잘 아는 동생의 후배는 나를 다그치면서 말했다.

"아니, 아빠는 나 보기 전에는 죽지 않을 거야."

"전 집에 갈게요. 나중에 후회하지 마시고 빨리 가보세요.

"……"

"다시는 돌아올 수 없어요. 빨리요."

"……"

하루 종일 울었다.

'바보, 바보, 바보…… 아빠는 바보야. 살 수 있었는

데…….'

'남동생하고 싸워서라도 수술하면 살 수 있다고 의사가 그 랬는데.'

'싸워보지도 않고 그냥 죽다니…….'

미워, 미워, 다 미워.

다음날 아침 일찍 길을 나섰다. 참으로 오랜만에 고향인 서울 땅을 밟았다.

링거 줄로 칭칭 감싼 초라한 모습의 아빠는 간호사에게 잠 깐 인공호흡기를 떼어달라고 하시더니 나에게 미안하다고, 정말 미안하다고, 간신히 알아들을 수 있는 목소리로 몇 번이 나 힘겹게 말씀하셨다.

하루가 지났다.

그날 밤 꿈속에서 나는 하얗고 커다란 건물 안에 서 있었 다. 아름다운 꽃들이 춤을 추며 바닥으로 떨어져 내렸다. 하 얀 제복을 입은 여자가 내게 말했다.

"당신이 찾는 사람은 이곳에 없습니다. 벌써 가셨으니 나 중에 다시 오세요."

눈을 뜨니 새벽 5시 45분이었다. 문자가 한통 와 있었다.

"언니, 연락받고 가는 길이야. 애들 챙기고 병원으로 와.

아빠가 돌아가셨어."

어제 가지 말걸. 내가 가지 않았으면 하루 더 기다리시느라 버티셨을 텐데.

끝까지 가지 말걸. 그러면 아빠가 링거에 의지해서라도 좀 더 사셨을 텐데.

가지 말걸. 가지 말고 기다리게 내버려 둘 걸.

나는 병원을 찾았던 게 너무나 후회스러웠다.

가족끼리만 조용히 상을 치르자는 남동생의 말에 엄마가 동의하셨다. 나는 그렇게 쓸쓸한 장례식을 난생처음 겪어봤다. 믿기 힘든 이 모든 일이 내 눈앞에서 일어나고 있었다.

"고인에게 마지막 인사를 하세요."

장례 도우미의 안내에 따라 모두 아빠와 마지막 인사를 했다. 엄마가 말했다.

"살아내느라 고생했수. 먼저 가 계셔. 나도 곧 갈게."

차가운 아빠의 볼에 엄마는 당신의 뺨을 오래도록 비비면서 그렇게 마지막 인사를 했다.

꼿꼿이 잘 버티던 엄마의 눈에서 기어이 눈물이 왈칵 쏟아졌다.

"아빠, 미안해. 자식이 못나서 제대로 수술도 못하고."

아빠가 돌아가시고 2주가 흘렀다. 벌써 겨울이다.

베란다 창문 너머로 흰 눈이 소리 없이 내리고 있었다. 금방 소복하게 쌓인 눈이 제법 무거워 보인다.

아빠가 잠든 곳에도 눈이 내리고 있겠지…….

"아빠!"

나이 오십이 되도록 나는 단 한 번도 아버지라고 부른 적이 없었다. 당신은 아버지라고 불리는 게 싫다고, 아무리 나이가 들었어도 딸들은 아빠라고 부르라고 하셨기 때문이다. 그러나 이제 "아빠!"는 이 세상에서 영원히 대답을 들을 수 없는 말이 되어버렸다

엄마는 내게 형제간의 싸움 만들지 말라고 신신당부하셨다. 당신이 돌아가시는 순간까지도 지켜주려 했던 그 잘난 7대 독자의 체면을 아빠 얼굴을 봐서라도 끝까지 지켜주라고.

부모가 되는 게 이리도 힘든 일이던가!

당신 자신의 목숨보다 자식이 더 우선이란 말인가!

뿌리 굳센 나무처럼, 제자리에서 오롯이 힘든 세월을 버티다 자연으로 돌아가신 아버지.

"아빠, 잘 자!"

"아빠, 잘 가…….'

다섯 번째 이야기

전자 카페와 '고마귀'

지금은 스마트폰 하나로 일상의 거의 모든 문제를 해결할 수 있는 시대가 되었다.

"이 근처에서는 어느 식당이 유명한가요?", "매실 장아찌는 어떻게 담그나요?", "지리산 등반 코스는 어떤 길이 안전한가요?" 등등 의식주에 관련된 다양한 고민들 대부분이 그야말로 손바닥 안에서 몇 분 안에 해결된다.

이 마법과도 같은 경이로운 시대에는 아무리 연세가 드신 분들도 휴대폰 사용법을 익히지 않으면 길지 않은 여생이나마 제대로 행복을 누릴 수 있는 별다른 방도가 없다. 그러니 사람들은 너나없이 죽을 힘을 다해 이 첨단 문물에 적응하면서 살고 있는 것이다. 그러나 이 마법 같은 세상이 우리 삶에 진정한 행복을 가져다주었는지는 다시 생각해 볼 문제다.

이 스마트한 세상에서는 어떤 사람의 어떤 질문에 대해서도 모든 사람들의 대답이 한결같다.

"모르면 인터넷 찾아봐."

이 한마디면 모든 문제의 해답이 풀리는 것이다. 정말로 스마트하지 않은가?

어찌 보면 묻는 사람에게는 너무 성의 없이 들릴지도 모르지만, 시대의 흐름은 그게 가장 확실한 답변이다. 어른이 질문을 해도 잘 모르겠으면 무조건 "검색해 보고 알려드릴게요."라고 대답한다. 더군다나 그 말에 아무도 서운해 하지 않는 게 요즘 현실이다.

아무리 낯선 곳도 내비게이션에서 흘러나오는 상냥한 여자의 목소리를 따라가면 원하는 목적지에 한 치의 오차도 없이 도착할 수 있고, 손가락 몇 번만 움직이면 앉은 자리에서 편안하게 눈이 질리도록 쇼핑을 즐길 수도 있는 시대이니 편리한 세상임에는 분명하다.

그러나 이런 세상에서는 사람의 냄새가 전혀 안 난다. 서로의 살을 부대껴가며, 하루의 삶을 살아내기 위한 아우성들이 어우러지는 재래시장에서 장을 본 지가 언제인지 까마득하고, 길을 잘못 찾아 헤매면서도 돌아가면 그만이라고 여유를 부렸던 적이 언제인지 이제는 기억조차 나지 않는다. 친구와 점심식사를 할 때도 함께 마주앉아 메뉴와 장소를 정하던 예전과 달리, 지금은 각자의 집이나 직장에서 인터넷으로 알아보고 가기 일쑤이다. 무엇을 결정하고 행동을 하건 간에, 그 앞에는 언제나 '검색'이라는 단어가 마중 나와 있다. 나만 그런가? 아니 젊은 세대들은 더하면 더했지 덜하지 않을 것이다.

그러니 이런 무지막지한 변화의 속도와 난해하기 그지없는 첨단 기술 속에서 점점 고립되어가는 계층이 생기기 마련이다. 사회가 발달하면 할수록 잃어버리고 잊혀가는 것들이 점점 더 많아질 수밖에 없는 것이다. 당연한 것으로 치부되던 많은 것들이 어느 날 갑자기 전혀 가당치 않은 것이 되어버리고, 익히 알고 있던 사물들이 전혀 낯선 색깔과 다른 모습, 형태로 자리 잡기도 한다.

사회의 가장 기본적인 소통 수단인 언어조차도 예외가 없다. 하루가 다르게 쏟아져 나오는 줄임말과 신조어, 비속어

등이 아무렇지 않게 버젓이 사용되는 이 문명의 정글 속에서 나는 늘 문화의 충격에 휩싸인 야만인으로 취급되기 일쑤이다. 그러나 세상은 나의 당혹감과는 상관없이 잘만 굴러간다. 내 삶은 누군가의 휴대폰 속에서, 인터넷과 SNS 속에서 끝없이 이어지는 것이다.

언제부터 내가 이렇게 변화무쌍한 바다 위의 쾌속정에서 버둥대며 살고 있었는가? 나는 여전히 초저녁 하늘의 하얀 돛 단배 속에서 노를 저어가고 있는 것 같은데 말이다.

지금은 젊은이들의 상징적인 거리가 된 홍대 앞은 1990년 대 초반만 해도 그렇게 복잡하지 않았다. 그 당시에는 홍대에서 극동방송국이 자리 잡고 있는 쪽으로 내려오면 자그마한 카페와 상점들이 드문드문 눈에 들어오곤 했다. 그중에서 눈에 띄게 작고 새까만 건물로 간판조차 없었던, 도대체 무엇을 하는 곳인지 밖에서 봐서는 전혀 알 수 없었던 은밀한 장소가 있었다. 오후 늦게야 가게 문이 열리고 새벽 두세 시가 돼서야 문이 닫히는 한 카페였다.

그 곳에 오는 사람들은 대부분 컴퓨터에 관심이 있거나 컴퓨터를 밥벌이 수단으로 하고 있는 사람들이었다. 처음 들리는 사람들은 실내외의 모든 벽과 의자, 테이블, 찻잔 등이 온

통 검은색인 것에 놀라기 일쑤였다.

좌석도 몇 개 안 되는 그 우중충한 카페 안에서 유일하게 번쩍거리며 한쪽 면에 자리 잡고 있던 컴퓨터, 바로 그 컴퓨터에 답이 있었다. 사람들은 그곳을 '전자 카페', 줄여서 '전까'라고 불렀다. 그곳의 손님은 99%가 남자들이었으며, 여자 손님은 아주 드물게 볼 수 있었다. 지금이야 어느 카페든 인터넷이 연결되지만 그 당시에는 서울 장안에서 통신이 되는 컴퓨터가 있던 유일무이한 카페였다. 이후 성신여대 앞이나 다른 곳에도 우후죽순으로 생겨났지만, 당시에 그곳은 카페에 컴퓨터가 있는 일종의 명소였던 것이다. 당시는 가정집에도 개인용 컴퓨터가 그리 흔치 않았던 시대였기에, 그곳은 항상 남자들이 득실대면서 밤늦도록 얘기하거나 술을 마시고, 컴퓨터로 통신을 하던 장소였다. 물론 나도 그중 한 사람으로 가끔씩 들렸지만, 매캐한 담배연기 때문에 한 시간도 채 있지 못하고 도망치듯 나오곤 했다. 카페 주인은 그 당시 나이로 삼십대 중반인 미혼의 여성이었는데, 손님들은 모두 그녀를 '고마귀'라고 부르곤 했다.

"아니, 왜 '고마귀'라고 불러요?"

"마귀 같으니까."

"그런 대답이 어딨어?"

"아니, 나이도 많은데 결혼도 안했지, 마귀할멈처럼 새까만 색만 좋아하지, 여자가 담배도 피우지, 전체적으로 분위기가 그래서 성을 붙여서 다들 '고마귀'라고 불러요."

"예쁜 이름을 두고 그렇게 부르는 건 좀 아닌 것 같다."

"두고 보면 알 걸요."

"여자라고 담배 피우지 말라는 법은 없잖아요?"

"그래서만은 아니고요, 지내보면 압니다."

당시에는 여자가 대놓고 담배를 피우는 시절이 아니었다. 그런데 그녀는 항상 당당하게 어디서든 담배를 피워댔고 술도 잘 마셨으며, 거친 남자 손님을 자주 대하기 때문인지 말도 툭툭 내뱉었다. 그런 모습을 자세히 살펴보니 '고마귀'라는 별명이 썩 잘 어울리는 것도 같았다. 그리고 당시의 사회 풍조로는 결혼 적령기를 훌쩍 넘은 나이였다는 점도 그런 별명이 붙은 것에 일조를 했을 것이다.

"언니."

"네."

"힘들지 않아요?"

"네?"

"손님들이 다 남자잖아요. 그리고 말도 본새 없이 하고 거칠고, 냄새나고."

"그러니까 하죠."

"네? 무슨……."

"전, 그래서 카페를 운영하는데요."

"아~."

"혼자 살다보니 집에 가야 남자라곤 구경도 못하잖아요. 가게에 나와서라도 사람 구경 실컷 하려고요. 남자에 대해 이해하게도 되고, 나름 장점도 있어요."

"결혼은?"

"결혼이요? 3년 전만 해도 안한 거라고 대답했었는데 이제는 못한 거라고 말해요."

"……."

"언니, 왜 담배를 피우는 건지 물어봐도 되나요?"

"담배요? 이렇게 대놓고 물어보는 사람도 처음이네요."

"실례가 되었다면 죄송해요."

"아뇨. 괜찮아요. 사는 게 재미없어서요."

"그럼, 담배 피우면 재미있나요? 그런 건 아닐 텐데."

"재미있기도 하고 아니기도 하고 그렇죠."

그녀는 미소를 지으며 내게 커피나 마시고 가라는 듯, 머그잔에 새로 내린 커피를 가득 부어주었다. 날씬하거나 얼굴과 몸매가 엄청 예쁜 것도 아닌데다 살도 좀 찌고 피부도 별로 좋지 않은데, 몸에 나쁜 담배를 왜 피우는지 도무지 알 수 없었다.

"언니, 저 오징어하고 커피 주세요."

"어울리지 않는 조합이네요. 맥주 드세요."

"저 술 못 마셔요."

"술 못 마시면 재미없는데, 언제 나랑 한번 밖에서 만나야겠네."

"하하하."

그렇게 한해 두해 그곳을 다니면서 "고마귀"에 대해 알아가게 되었다. 집안도 좋고 공부도 할 만큼 했고 경제적인 여유도 있는 여자. 단, 남자를 믿지 못하는 그런 사람이었다. 그녀는 항상 술에 취해 너스레를 떨며 잘난 척하는 집단들 속에서 자신을 보호하기 위해, 되도록 말도 하지 않고 괜히 심통 난 모습으로 한결같이 그 자리를 지키고 있었던 것이다.

"언니, 나 커피요."

"차가운 것 줄까요 뜨겁게 줄까요?"

"날도 더운데 차갑게 주세요."

"네. 그래도 커피는 뜨거운 게 맛있어요."

"그럼 그냥 뜨거운 것 주세요."

"네. 아뇨. 그냥 마셔요."

"네?"

'고마귀'는 기껏 물어보고는 뜨거운 커피를 가져다줬다가 다시 아이스 아메리카노를 갖다 주면서 그 몇 마디 말로 친밀함을 표현하는 여자였다.

"언니, 뭐 만드세요?"

"먹고 싶은 것이요."

"그러니까 그게 뭔데요?"

"매운 고추 비빔국수요."

"네."

"먹어볼래요?"

"아뇨. 매워서 싫은데요."

"그게 좋은데."

"언니, 많이 드세요."

새빨간 비빔국수에 청양고추를 잔뜩 넣어 먹으면서 내게 포도를 좋아하냐고 물었다.

"네, 포도 좋아해요."

그러자 그녀는 때 이른 청포도를 한 접시 가득 씻어서 먹으라며 건네주었다. 자기가 국수 먹는 동안 나보고 포도를 다 먹으라고 한다.

"어떻게 다 먹나요?"

"나도 국수 다 먹을 테니까 포도 다 먹어요."

"아, 네."

"난 누가 나 먹는 것 쳐다보는 것 싫어해요. 그러니까 또치는 나 국수 먹을 동안 포도 먹어요."

"네."

"우습죠?"

"아뇨."

"난 친하지 않은 사람이 내가 먹는 모습을 쳐다보는 것이 싫어서 여기서 잘 안 먹는데, 오늘은 종일 아무것도 먹지 못했거든요."

"미안해요. 제가 너무 일찍 왔나 봐요."

"아뇨, 아뇨. 괜찮아요."

그녀의 한 가지 비밀을 알게 된 날이었다.

"야. 너희 어제 한글 데모프로그램 돌린 것 봤어?"

"아니."

"세준이가 갖고 왔다며?"

"난 봤어."

"그래?"

"응, 잘 만들었던데."

"누군 좋겠다. 히트 치겠는데."

그랬다. 컴퓨터에서 한글로 문서를 작성할 수 있도록 해주는, 바로 우리가 지금 사용하는 '한글과 컴퓨터'사의 한글 프로그램을 그때 그곳에서 봤다.

작지만 긍지를 갖고 운영했던 '고마귀'의 전자 카페. 그곳은 수많은 젊은이들이 모여 토론하거나 정보를 공유하고 또 서로 잘났다고 자랑질을 하거나 이름이 아닌 ID로 상대방을 부르면서도 너나 할 것 없이 서로를 챙겨주던 그런 특별한 장소였다.

"가필드 왔어?"

"아니, 아까 쌀집 아저씨만 봤어."

"그래?"

"응, 니꼴네 가게로 가는 것 같았어."

"알았어, 가필드 보면 또치한테 연락하라고 말해줘."

처음에는 이름과 ID가 헷갈려서 따로 놀았지만, 나중에는 오히려 이름보다 ID가 익숙해져서 ID만 기억에 남을 정도였다.

혼자만의 사이버 세상에 갇혀 있는 지금 세대와는 다르게, 그때는 무슨 일이 생기기만 하면 매일같이 '전자 카페'에 모여 서로 토론하고 교류를 나누었다. 나도 그 시대의 사람이라 그

런지 그런 모습에 더 정이 가는 것을 숨길 수 없다. 하지만 그 모든 것이 언제나 변함없이 그곳을 지키던 "고마귀"가 있어서 가능하지 않았나 싶다.

　'전자 카페'호의 영원한 선장이었던 그녀, '고마귀.'

　"언니, 보고 싶네요."

배신자

"언니."

"응."

"아프지 마."

"어, 알았어."

"그게 아니고."

"어, 왜?"

"빨리 나아서 나 좀 도와줘."

"그래, 얼른 기운 차리고 퇴원할게."

"……."

"저기……."

"왜? 무슨 할 말 있는 거야?"

"박 서방이 집을 나갔어."

"뭐?"

"언니, 빨리 나아서 우리 박 서방 좀 같이 찾아줘. 흑흑흑."

"무슨 말 같지도 않은 소리야? 박 서방이 왜 집을 나가?"

"흑흑, 언니."

"울긴 왜 울어. 도대체 뭐가 뭔지 하나도 모르겠네. 일단 울지 말고 전화 끊어."

위내시경 검사를 하고 병원에 입원해 있던 나에게 걸려온 동생의 전화였다.

그날 낮에 병원을 다녀갔을 때까지만 해도 아무 말 없던 동생이 불과 몇 시간이 지난 저녁식사 시간에 전화를 걸어와 자기 남편을 찾아달라며 울고 있는 것이다.

"세상에 보름 만에 미음을 먹는 거네. 축하해. 매일 링거만 맞더니 드디어 먹네."

"아프다고 난리치더니 이제 살겠네. 많이 먹어."

"그래. 밥 먹어야 빨리 낫지. 백날 링거 맞아봤자 소용없어."

같은 병실에 있던 환우들이 나를 축하해주고 있었다. 그도 그럴 것이 다른 사람과 달리 특이한 체질인 나는 용종을 떼고 난 부위가 종이컵만한 크기로 새까맣게 타버려 위가 거의 천공이 날 정도가 되었다. 미치도록 아팠던 나는 이틀간 모르핀을 맞았고, 다섯 차례에 걸쳐서 위내시경을 하면서 보름간을 물 한 모금 먹지 못했던 것이다.

그렇게 보름간을 링거에 의존하다가 그날 저녁 식사시간에 처음으로 쌀 국물 같은 미음을 한 숟가락 삼키려고 하던 때였다. 동생은 내가 입원해 있던 내내 자주 병원에 왔지만 아무런 내색을 하지 않고 있어서 전혀 몰랐다. 제부가 사업을 하는 것을 익히 아는 터라, 바빠서 오지 못한다고 하니 그저 그러려니 했었다.

난 한 모금의 쌀 국물밖에 먹지 못하고 동생의 전화를 받고는 삼십 분을 울었다.

"아니, 밥만 주면 빨리 나아 얼른 병원을 탈출할 거라고 하더니 왜 못 먹고 울기만 해?"

"무슨 전화길래 울기만 해?"

주위의 환우들이 물었다.

"아니야. 아무것도."

링거대를 끌고 1층 로비로 내려왔다. 저녁나절에도 무더위가 기승을 부리는 8월의 첫 주, 휴가철이었다.

"여보세요?"

"나야."

"응, 처형 잘 있었나?"

"잘 있지 못해."

"왜?"

"나 병원에 입원해 있는 것도 모르나봐?"

"병원은 왜?"

"내가 병원에 있는 것은 그렇다고 치고 얘기 좀 하자."

"알았다."

"내가 입원해 있는 병원으로 내일 와."

"그래. 내일 열 시에 갈게."

제부는 여동생과 나이 차가 꽤 나서 나보다 한 살 많았다. 그래서 동생과 결혼 후에도 내가 처형이지만 또래 친구처럼 지내고 있었다. 항상 의젓하고 점잖은 제부라서 나는 동생과 잘 맞는 부부라 생각해왔다. 다음날 미음을 반 그릇 먹은 후 로비에서 제부를 기다렸다.

"여기야."

"언제 입원했는데?"

"보름 정도."

"무슨 일로?"

"위에 용종이 있어서."

"어."

"그건 그렇고 동생이 한 말이 뭐야?"

"뭐긴."

"집 나갔다고 하던데? 왜 나갔는데?"

"이제 알았나?"

"응, 정확히 어제 저녁에 알았다. 어떻게 된 일이야?"

"나 집 나간 지 한참 됐다."

"뭐?"

"봄 되기 전에 2월 말에 나갔다."

"뭐라고? 지금 8월인데, 그럼 6개월이나 됐다고?"

"그래, 몰랐나? 얘기 안 했나?"

"어제 알았다고, 그동안 한 번도 말 안 했어."

"그랬나. 난 알고 있는 줄 알았다."

"그래서 장인 생신에도 오지 않았던 거네. 바빠서 못 온다고 해서 그런 줄로만 알았지."

"그렇게 됐다."

"나간 이유가 뭐야? 여태까지 잘 버티고 살아왔으면서 왜 나갔어?"

"잘 알잖아? 집사람이 교회 다니기 시작한 후로는 시댁도 잘 안 가고, 내가 맏아들인데 제사도 안 모시고 했던 거. 아무튼 여러 가지로 맞지 않았다."

"무슨 소리야? 시어머니한테 얼마나 극진히 했는지 누구보다 더 잘 알면서 그런 서운한 말을 해."

"우리 엄마한테는 잘했다."

"집 나간 진짜 이유가 뭔지 말해."

"성격이 변해서 나랑 맞지 않고 제사 안 한다고 난리쳤다."

"성격이 왜?"

"아무튼 힘들어서 나갔다."

"어디서 사는데?"

"회사 근처 오피스텔에서 산다."

"그럼 앞으로 어떻게 하려고?"

"이혼하려고 한다."

"이혼?"

"그래, 내 얘기 전달해줘. 이혼하고 싶다고."

"이혼은 무슨 이혼."

"아냐, 나 생각 많이 했다."

"어째든 나 퇴원할 때까지 기다려. 그리고 다시 한 번 생각해."

"이혼하고 싶다, 처형."

"처형 같은 소리하네."

"처형."

"부르지 마. 집에 가서 나 퇴원할 때까지 있어."

"알았다."

총총히 사라지는 제부의 모습을 보고 알 수 있었다. 여자가 있구나!

결혼한 지 십칠 년이나 되었지만 동생 내외에게는 자식이 없었다. 동생은 수십 번의 인공수정과 시험관 아기 시술 등 할 수 있는 것은 다했다. 제부가 아니라 동생에게 문제가 있었다. 입양을 하고 싶다는 동생의 의견은 무시된 채 그들은 자식 없이 십칠 년을 함께 살았다. 그러던 어느 일요일, 교회를 다녀오니 집이 아수라장이 되어 있었고 제부가 쓰던 물건과 신발, 옷가지 등이 없어졌다는 것이다.

그 후 동생은 제부에게 집으로 들어오라고 애원도 해보고 회사로 찾아가기도 했지만 아무 소용이 없었다고 했다. 담담하게 지난 6개월간의 얘기를 하던 동생은 자기 좀 살려달라며 울었다. 아무리 미행을 해봐도 꼬투리를 잡을 수가 없었다고 고백하는 동생이 바보 같았다. 그게 아닌데.

"너, 나 퇴원할 때까지 박 서방 건드리지 말고 그냥 좋게 있어. 힘들어도."

"알았어."

거의 한 달이 넘어서야 퇴원을 한 나는 곧바로 제부에게 전화를 걸었다. 다음 주면 추석 명절이고 하니 명절 지내고 다시 얘기하자고 살살 달랬다. 그동안 동생에게는 내가 잘 얘기해보겠다고 했다. 제부는 평소 나와 살갑게 지내던 터라 무던히 그렇게 하겠다며, 명절을 지내고 보기로 했다.

"야. 너 바보니?"

"왜?"

"너는 제부가 말쑥하게 옷 입고 다니는 것 보면 모르겠니?"

"그 사람 원래 말쑥하게 꾸미고 다니는 것 좋아 하잖아."

"웃기고 있네. 그렇게 믿고 싶은 거냐? 내 남편은 바람 안피웠을 거라고?"

"아냐 언니, 바람은 아닐 거야."

"내 손에 장을 지진다."

"아냐."

"야, 남자가 집 나가 살면서 마누라가 챙겨주는 것처럼 하고 살기가 어디 쉽니? 그것도 단기간에?"

"어, 언니한테 오피스텔에 산다고 했어?"

"그래, 나한테 회사 근처 오피스텔에 산다고 했어."

"나한테는 원룸에 산다고 했어."

"거봐. 이건 분명히 여자야."

"아닐 거야."

"야, 집 나간 지 6개월 지났는데 그렇게 깨끗하고 당당한 홀아비가 어딨어? 추석에 대구 갔다 와서 다시 얘기하자. 너는 박 서방이 어떻게 하는지 잘 지켜봐."

"알았어, 언니."

때로는 사람이 사람을 미워하고 싫어하는 데 특별한 이유가 없을 수도 있다. 괜히 주는 것 없이 싫고 미운 상대도 간혹 있기 마련이니까.

하지만 오래도록 같이 산 부부가, 그것도 자식도 없이 둘이서만 지지고 볶고 살다가 갑자기 한쪽이 집을 나갔을 정도면 분명한 이유가 있기 마련이다. 그런 사실을 인정하고 싶지 않았기에 적극적으로 제부의 뒤를 캐보지 않았던 동생은 그저 남편을 믿고 싶어 했던 것이다.

추석 연휴가 끝난 후, 동생이 집으로 찾아왔다.

"언니, 아무래도 여자가 있는 것 같아."

"왜? 이상한 행동하는 것 있었니?"

"응, 예전에는 명절 지내고 다음날이 돼서야 집으로 올라오는데, 이번에는 달랐어."

"어떻게 달랐는데?"

"응, 추석 당일에 시어머니랑 얘기를 하더니, 갑자기 나보고 올라가라고 하고 자기는 출장이 있어서 포항 가야 한다며 버스정류장에 데려다주고는 가버렸어."

"뭐라고, 버스 타고 혼자서 올라왔다고?"

"응, 추석날 당일에 혼자서 집으로 올라왔어."

"그런데 제부가 간다고 하니까 시어머니가 가라고 하디?"

"응, 시어머니도 뭔가 알고 있는 것 같기도 하고, 잘 모르겠어."

"그래. 그러면 지금부터 잘 들어."

"응, 언니 어쩌면 좋을지 모르겠어."

"너, 제부랑 다시 살지 말지부터 결정해."

"응."

"그리고 내가 보기에는 여자가 있어."

"나도 그런 것 같아. 인정하기 싫지만 추석 당일에 출장 간다는 건 아마 여자 집에 가는 것 같아."

"내가 다시 한 번 네 남편 만나본 다음에 얘기하자. 뭔지 몰라도 켱기는 게 있을 거야."

"알았어, 언니."

"기운 내고 있어. 아직 시작도 안했어."

"응."

"제부, 나야."

"어, 명절 잘 지냈나?"

"응, 시댁 갔다가 왔어."

"그래. 집사람과 얘기해 봤나?"

"응, 그래서 한번 만났으면 좋겠는데."

"그래, 이번 주 토요일에 처형 집 근처로 갈게."

"알았어."

나는 나대로 제부를 만나서 거짓말을 하고 있는지 알아보기로 하고, 동생에게는 주변 사람들을 통해 계속 제부의 근황을 알아보라고 시켰다.

"잘 지냈나?"

"누구 땜에 잘 지낼 수가 있었겠냐?"

"위 아픈 거는?"

"너희 부부 때문에 더 아프다. 내가 위암 걸리면 너희가 일조한 거야. 아픈 사람 더 아프라고 난리치고 있어."

"미안하다. 처형."

"말로만 처형이래."

"아니다. 집사람과 헤어져도 처형하고는 가끔 만나자."

"웃기고 있네. 말 같지 않은 소리 하지 말고."

"집사람이 이혼한다고 하나?"

"제부는 이혼이 무지 하고 싶은가봐?"

"어차피 같이 살지도 않는데 이혼해야지."

"집 나가 놓고 이혼하자고 하면 어떤 마누라가 '그래, 그렇게 하자.'고 하냐?"

"그럼 어떻게 해. 당시에 우리 부부 엄청 싸웠다."

"그래서?"

"이러다가는 집사람이 미워져서 때릴까봐 겁나서 집 나갔다."

"그걸 말이라고 하냐?"

"아니, 진짜다."

"제부, 아니 친족 계급장 떼고 말해봐. 너 여자 생겼지?"

"아니다."

"내가 보기에는 여자가 생겼어. 그리고 여자가 생긴 것 말고도 무슨 일이 있는 것 같은데? 솔직하게 말해."

"……."

"말해. 지금 말하면 내가 이혼하는 데 도움이 되도록 할게. 어차피 헤어질 거면 기분 상하지 않게 좋게 헤어질 수 있도록 내가 동생을 설득할게. 말해."

"아니다. 여자 없다."

"오늘 이 말에 대해서 책임져. 내가 아는 제부는 진실을 말해야 한다는 것쯤은 알고 있는 사람이니까."

"안다."

"좋아. 내가 2주 후에 다시 보자고 할게."

"그래, 협의이혼으로 끝내자고 얘기해라."

"이혼 신청도 부부가 같이 가야 한다며?"

"처형도 와라."

"알았어."

나는 제부와 만난 후 더욱 확실히 제부의 바람을 눈치 챘다. 여자가 있느냐는 내 질문에 너무나 자연스럽게 아니라고 부정하며 웃어넘기는 모습이 예전의 제부 같지 않았기 때문이다. 난 동생에게 일단 협의이혼에 동의하는 것처럼 하고 시간을 벌자고 했다. 동생은 제부가 원하는 대로 법원에 협의이혼을 신청했다. 자식이 없어 양육권 조정을 할 일이 없기에 동생에게 주어진 시간은 한 달 반 남짓이었다.

"언니, 이제 어떡하지?"

"우선 제부 회사가 어떤지 경리 아줌마부터 만나보고 제부 뒤를 미행하자. 그리고 어떤 일이 벌어져도 넌 인정해야 해. 알았지?"

"응."

우리는 마치 아무 일도 없던 것처럼 제부의 친구를 만나 제부의 근황을 들어보기도 하면서 하나씩 하나씩 조사해 나갔다. 그러던 중 예전에 같은 회사에 근무하다 제부가 회사를 차리면서 소식이 뜸해졌던 지인을 통해 새삼스러운 소식을 알게 되었다. 제부가 회사를 차린 지 얼마 되지 않아 수입이 별로 없을 거라 여겼는데, 그렇지 않았다는 것이다.

"너, 제부 차 안을 뒤져봐."

"알았어."

동생이 회사 주차장에 세워둔 제부의 차를 새벽에 가서 뒤졌는데, 수표와 돈뭉치 그리고 동생이 챙겨준 적 없는 보약이 같이 나왔다.

"세상에!"

"언니, 집 나가고 지금까지 한 번도 생활비를 안 줬어."

"뭐?"

"그래서 내가 너무 힘들었어."

"너 바보니? 회사로 쳐들어가면 되잖아. 생활비 달라고."

"사장 체면이 있지, 어떻게 그래?"

"체면 같은 소리 하고 있네. 그래서 니 얼굴 꼬라지가 그 모양이었냐?"

"아니, 다시 달래서 집으로 들어오게 하려고 마찰을 피한 거지."

"잘도 피해서 이 모양이냐?"

"언니, 뭐라 하지 마. 힘들어."

"알았어."

협의이혼을 접수한 후, 우리는 새벽부터 밤늦게까지 매일 제부를 조사하기 시작했고, 그렇게 시간은 흘렀다. 집안일과 아기 낳는 일에만 신경을 쓰며 산 동생에게 그 가을은 유난히 길고 힘들었다.

"우리 능력으로는 안되겠다."

"언니, 누구 아는 사람 없어? 심부름센터 같은 거 말야."

"그것 말고 개인적으로 조사해 주는 사람 있어."

"남편 미행할래."

"그러자."

"언니, 사진 보여줬어. 자기한테 일주일만 주면 어디 사는지 알아낸다고 하네."

"그럼 기다리자."

이틀이 지나서였다. 동생이 제부가 있는 곳을 알아냈다고 했다. 뜻밖의 곳이었다. 제부가 사는 곳은 다름 아닌 신도시 아파트였고, 동생 내외는 결혼 후 한 번도 아파트에서 살아본 적이 없었기에 적잖이 놀랐다. 그때부터 우리는 그 아파트 주차장을 배회하면서 제부의 차가 어느 동에 주차하는지 알아내기 위해 밤 도깨비처럼 아파트를 샅샅이 뒤지고 다녔다. 우리는 마침내 아파트 동을 찾아냈고, 그 후 우편물 배달함에서 제부의 이름을 찾기 시작했다. 매일 일정한 시간에 우편배달부가 오기에 우리도 비슷한 시간대에 가서 조사했다.

그러던 어느 날이었다.

"언니, 오늘은 가지 말자."

"왜?"

"매번 가도 어디에 사는지 알아내기가 너무 힘들잖아."

"그래도 가야지. 가서 알아내야지."

"지친다."

"벌써 지치면 어떻게 잡아. 어디 사는지 알아야 뭘 하든지 말든지 하지."

"알았어. 미안해 언니."

"네가 내린 결정이야. 끝까지 해보자."

"알아."

"우편배달부가 들어가는데?"

"조금 있다가 가보자."

"박 서방, 이놈 너 걸리기만 해."

"언니. 미안해."

"야, 여기 있다. 찾았다."

"어디?"

"음, 여기에 살고 있네. 마누라가 버젓이 있는 놈이 이곳으로 카드청구서를 오게 하고."

"언니, 살 떨려."

"일단 차로 가자."

우리는 차 안에서 박 서방의 카드 청구서를 뜯어 확인했다. 카드 사용내역서를 보던 나와 동생은 기절할 뻔했다. '산부인과 진료' 내역이 있었기 때문이었다. 한참을 보던 동생은 울기 시작했다.

"울지 마. 예상했던 일이잖아."

"그래도 언니."

동생은 계속 소리 없이 울었다. 자신이 십수 년을 기다리고 바라던 일을 다른 여자가 대신했다는 사실 때문인지 동생은 하염없이 눈물을 흘렸다. 나도 모르게 머리가 돌기 시작했다.

"그만 울어. 그 산부인과에 가봐야겠다. 앞장 서."

"언니, 나 못 가, 무서워."

"못 가긴, 간통으로 고소할 거야."

"언니, 나 못해."

"못하긴 뭘 못해."

난 벌벌 떠는 동생을 대신해서 산부인과로 들어갔다. 데스크에서 친척 언니라고 말한 후, 출산예정일을 물어봤다. 내년

2월 중순이란다. 하늘이 노랗다. 어떡하지? 계산을 해보니까 제부가 집을 나간 후에 임신한 것이다.

"야, 이 바보야."

"……."

"남편이 집 나갔을 때 바로 알렸으면 이런 사단이 나기 전에 잡아 왔을 것 아냐?"

"언니, 어떡해"

"뭘 어떻게 해. 간통으로 고소하면 되지."

"흑흑흑……."

울기만 하는 동생이 미웠다. 남편이 바람났다고 짐작했을 텐데, 여태껏 참고 있다가 이지경이 돼서야 얘기하는 건 뭐람.

"언니, 난 애기도 내가 못 낳는 거라서 남편이 늦게 들어와도, 지방출장으로 자주 집을 비워도, 술 먹고 놀다가 새벽에 와도 아무런 말도 하지 않았어. 그냥 참았어."

"참은 결과가 이거야?"

"이제 어쩌지?"

"가만 안 둬. 내가 제부한테 솔직히 말하라고 했어. 여자 있냐고. 아니면 아기 때문에 이혼하려는 거냐고 물었어. 아기를 무지 갖고 싶어 했으니까."

"언니."

"아기 때문이라면 내가 너 설득하겠다고 했어. 내가 제부 도와서 이혼에 협조하겠다고."

"응?"

"여자는 없고 아기가 갖고 싶은 거라면 너를 설득해서 마음 떠난 사람 놔주라고 할 거라고 했어."

"그랬어?"

"응, 여자는 없다고 했어. 그저 자신은 집에서 맏아들이니 제사를 지내야 하는데 네가 제사를 안 지낸다고 했다면서 그렇게 우겼어. 그래서 너를 떠났다고. 그 이유밖에 없다고."

"나보고 제사 안 지낼 거면 헤어지자고 하기는 했어."

"그런데 이건 순전히 자기가 바람피우다가 상대 여자가 임신해서 급하게 되니까 제사 핑계를 댄 거네."

"그런가봐."

"안되겠다. 이것들 가만 안 둬."

"언니, 언니."

"마누라가 얼마나 임신하고 싶어 했는지 버젓이 아는 놈이 어떻게 이래. 먹을 것 입을 것 아끼고 아껴서 허구한 날 산부인과 진료비로 다 날리고, 적금 들어서 시험관 아기에다 인공수정에다 주사까지 맞고 했는데."

"흑흑……."

"옆에서 그렇게 아파하고 고생한 것 보고도 벌써 임신을 했단 말이야? 헤어지고 나서 했어야지. 넌 나한테 죽었다."

"언니, 흑흑흑."

"울지 마. 듣기 싫어. 변호사 알아보고, 협의이혼 결정하는 날, 법원에 가지 말고 집에 있어."

"언니."

"처형, 내일이다. 법원에 올 때 집사람 인감도 갖고 오라고 해줘."

"알았어."

"내일 보자."

"응."

그동안 나한테 동생 핑계만 댔던 제부 목소리가 징그럽게 들렸다.

"두고 보자. 누구 마음대로 되는지. 넌 내일 남편 전화 받지 말고 있어."

"알았어."

"마음 독하게 먹어야 해."

"응."

법원에 가지 않은 동생은 제부의 연락도 받지 않았다. 나도 전화를 받지 않았다. 그런데 공교롭게도 동생의 아랫동서 한테서 시어머니가 돌아가셨다고 연락이 왔다. 동생은 장례 식장에도 가지 않았다. 아니 갈 수가 없었다. 이미 8남매의 제부 형제들은 그 여자의 존재를 알고 있었던 것이다. 그런데 어떻게 간단 말인가! 삼우제가 지나고 12월의 눈이 펑펑 내리 던 일요일 밤에 우리는 제부가 머물고 있는 아파트로 가서 제 부가 집에 있는지 확인한 후, 둘이 함께 울면서 집으로 돌아 왔다. 동생은 그 후 며칠간 우리 집에서 나와 함께 지냈다. 그 다음주 월요일 아침 일찍 동생과 나는 경찰서에 신고한 후 카 메라를 지참하고 그 집으로 향했다.

"딩동 딩동."

"누구세요?"

"네 옆집이에요. 잠시만요."

인터폰 너머로 머뭇거리는 낯선 여자의 음성을 듣고 있을 때 경찰관이 도착했다.

"경찰입니다. 문 좀 열어 보십시오."

"네, 무슨 일로?"

"신고가 들어와서 조사해야 합니다. 문 여세요."

쭈뼛거리며 문을 여는 박 서방 뒤로, 배가 불러 있는 여자 가 서 있었다.

"무슨 조사요?"

"간통 신고가 들어와서요. 협조바랍니다."

당황하는 박 서방을 밀고 안으로 들어선 우리는 법무사가 가르쳐 준대로 신발장과 욕실의 칫솔, 옷장 안의 옷가지 등, 그들이 같이 살고 있다는 확실한 정황증거들을 카메라로 찍었다. 나와 동생을 본 박 서방은 대꾸도 하지 않고 덤덤히 서 있었다.

"당신들 누구야?"

"뭐라고'?"

"누군데 남의 집에 이렇게 아침부터 와서 난리야?"

"보면 모르겠니?"

"경찰까지 온 걸 보고도 죄의식이 없니?"

"처형, 이 사람은 모른다."

"누가 네 처형이야."

"……."

"언니한테 처형이라고 말하지 마."

여자가 누구냐며 소리를 지르길래 내가 얘기했다. 법적 마누라와 언니라고. 당신이 임신만 하지 않았다면 오늘 가만 두지 않았을 거라고. 그나마 임신부라 봐 주는 줄 알라고.

동생은 박 서방을 쳐다 본 후 간통으로 고소하니까 처리해

달라고, 경찰에게 말했다. 내연녀가 이미 임신하고 있는 터라 빼도 박도 못하고 간통으로 이혼 당하게 된 제부는 그저 멍하니 서 있었다.

"임신부가 미워도 머리카락 한 올 건드리지 마. 잘못했다간 니가 뒤집어 써."

동행한 경찰들은 아무 말 없이 조사를 하기 시작했고, 박 서방에게 간통을 인정하는지 물었다.

"간통을 인정하시는 겁니까?"

"네."

짧고 낮은 목소리로 말하던 제부가 동생에게 말했다.

"미안하다."

"그리고 처형, 미안하다."

"미안하다고 말하지 마."

"늘 불안하고 숨죽이며 지냈다."

"잘못을 저지르니까 그랬겠지?"

"집사람한테 죄짓고 속여서 미안하다. 이건 진심이다."

"진심 같은 소리 하고 있네."

"아니다. 이제 홀가분하다."

"걸려서 속 시원한가 보지?"

"아니, 마음 한구석이 찜찜하고 불안했다. 나도 사람이니까."

"그런다고 용서가 되는 게 아냐. 넌 내 동생에게 너무 치욕스러움을 느끼게 했어."

"안다."

"알긴 뭘 알아, 아는 놈이 간통을 해? 이혼하고 나서 살림을 차리든 했어야 하는 거 아냐? 동생이 얼마나 아기를 갖고 싶어 하며 발버둥을 쳤는데…… 나쁜 놈."

"언니, 그만."

"얘가 병원에서 주사 맞고 파죽음이 될 만큼 힘들어 하면서도 혼자 퇴원하고……."

"……."

"내가 둘째를 임신했을 때도 동생 가슴 아플까봐 말도 못하고 한 것 잘 알면서."

"……."

그동안 알고 있던 제부의 모습이 아니기에 실망감과 함께 분노가 치밀어 올라 나는 소리를 질러댔다. 그런 와중에도 우리가 혹시라도 임신한 여자에게 손이라도 닿을까봐 전전긍긍하는 그의 모습에 나는 더욱 화가 났다. 자기 마누라가 아닌 다른 여자를 위하는 게 너무나 꼴보기 싫었다. 그런 모습을 지켜보던 동생이 그만하고 나가자고 했다.

우리는 서둘러 그 여자가 근무하고 있던 보험회사로 갔다. 개인의 보다 나은 미래의 삶을 설계해준다는 설계사가 아내가 있는 남자를 꼬드겨서 간통을 하냐고, 제부 내연녀의 소속 지점 소장에게 가서 따졌다. 그때는 오전 9시 30분 월요일 아침 조회시간이었다.

소문은 순식간이었다. 정말 5분도 되지 않아서 건물 전체의 사람들이 수근대기 시작했다. 들리는 말에 의하면, 두 아이를 전남편에게 주고 이혼한 그 여자는 동료들에게 "산악회에서 돌싱남을 만나 혼인신고만 하고 살고 있다."고 했다고 한다. 제부가 애가 없어서 좋다 했다고 동료들에게 말했던 모양이다. 어이가 없었다. 버젓이 마누라가 있는 사람이 언제 돌싱남이 되어 있었는지 알 길이 없었다. 제부는 그 보험설계사한테 큰 금액의 보험도 들어줬단다. 동생과 나는 해당 보험회사의 본사에 전화를 걸어 행동이 방정하지 못하고 간통으로 고소당한 설계사를 계속 근무하게 둔다면 그 여자에게 보험을 드는 많은 고객들을 우롱하는 일이라고 고발했다. 자기 인생 설계도 제대로 하지 못하고 남의 인생을 망쳐놓은 사람에게 어찌 보험을 들 수 있단 말인가? 소장은 신중하게 알아보고 처리하겠다고 답변했다.

끔찍한 겨울이 지나가고 있었다. 경찰서에서 피해자 가해자 신문을 한다고 동생을 불렀다. 죄를 지은 것도 아닌데 경찰서를 들락거리면서 동생은 춥고 시린 겨울을 말없이 이겨내고 있었다. 덕분에 통통하던 동생은 한 계절이 채 바뀌기도 전에 바싹 마른 나뭇가지처럼 변해버렸고, 머리에는 반 이상이나 흰 머리카락이 생긴 탓에 염색을 하고 다녀야 했다.

2월 15일, 제부의 아이가 세상에 태어났다. 내가 절대로 이모가 될 수 없는 그런 사내아이가 태어난 것이다.

봄이 오는 소리에 모든 것이 변하고 있었다.

3월의 마지막 금요일 오후에 판결이 내려졌다. 이혼하라고 했다. 간통이니 두말할 것도 없었다. 이혼하기도 전에 제부의 아들이 세상에 나와 울고 있었다. 판사가 말했다. 자기가 오늘 이 법정에서 마지막 판결을 내리고 월요일부터는 다른 법원으로 출근한다며, 위자료 문제까지 말끔히 처리하고 갔으면 좋았겠다고 했다. 그렇게 해서 햇수로 십구 년을 부부로 지낸 두 사람의 관계가 끝났다.

"잘 가, 박 서방."

"미안했다. 잘 지내라. 집사람도 잘 봐주고."

"이제 그 호칭은 쓰지 마라. 우연히라도 보지 말자. 너도 박 서방한테 마지막 인사해."

"언니, 그냥 갈래."

"조심해서 가라."

그러고 한 달이 지났다. 호적이 정리됐다며 동생이 피식거리며 말했다. 힘겹게 살았던 세월이 한 조각 종이로 간단하게 끝났다며, 아기를 못낳은 죄책감에 시달리던 시간을 두 번 다시 떠올리기 싫다고 말했다.

그렇게 한 해가 가고 또 한 해가 지나가고 있었다. 우연하게 동생의 휴대폰에서 못 보던 사진을 보았다. 궁금했다. 들어가 보니 박 서방의 아이가 있지 않은가. 제부를 많이도 닮았다. 낯선 전화번호에 전화를 걸었더니 박 서방이었다.

"잘 지내?"

"그럭저럭 지낸다."

"아이 사진 봤어."

"그래."

"많이 닮았던데."

"응."

"식구들이 다 좋아하겠네."

"그렇지."

"잘 살아. 아이 잘 키우고."

"그래, 고맙다."

다시 5년의 시간이 흘렀다.

아이들 옷도 살겸, 신도시 쪽으로 갔다가 길에서 낯익은 얼굴을 만났다.

"오랜만이야."

"어, 반갑네."

"여기 있어?"

"사무실 이리로 옮겼다."

"그랬어?"

"점심 먹었나?"

"아니, 아직."

"바쁘지 않으면 같이 밥 먹자."

"응. 못 먹을 것도 없지."

"뭐 먹을래? 낙지덮밥 먹을래? 잘하는 집 있다."

"그래."

"장인어른은?"

"일찍도 묻네."

"편찮으셨잖아?"

"아빠 돌아가셨어"

"그래? 미안하다."

"미안해야지."

"못 가봐서 미안하다."

"오긴 어딜 와. 우리 집 제일 첫사위가 달아나 버렸으면서, 무슨 자격으로 와."

"하긴, 내가 첫사위였는데."

"아빠가 가뜩이나 심장이 나빴는데 누구 때문에 더 일찍 돌아가셨지."

"할 말이 없네."

동생이 나보다 먼저 시집을 갔으니 제부는 당연히 우리 집 첫사위였다. 엄마는 박 서방 얘기를 한 번도 먼저 꺼내신 적이 없다.

"장모님은 건강하시고?"

"엄마도 그럭저럭. 눈이 좋지 않으신 것 빼고는 괜찮아."

"많이 먹어라."

"응, 제부."

그놈의 제부 소리가 입에 뱄다. 5년 만에 만났는데도 제부 소리가 저절로 나왔다.

"애들은 잘 크고?"

"응. 아들은 이제 유치원 다니겠네?"

"그렇지 뭐."

"예쁘지?"

"그렇다."

"하긴 49살에 낳은 아이가 예쁘지 않다면 거짓말이다. 그지?"

"그렇다. 날 많이 닮기도 하고."

"원래 애들 많이 예뻐하잖아. 우리 애들도 예뻐했고."

"그렇지."

"회사는 잘되고 있어?"

"불경기라 그냥 힘들게 운영하고 있다."

"그래도 잘 버티고 있나 보네."

"응."

"밥 잘 먹었어."

"우리 이렇게 가끔 만나 밥도 먹고, 좋아하는 커피도 마시자."

"됐네요. 내 동생은 어떡하라고. 또 우연히 보게 되면 보자. 잘 지내고."

"약속 있나?"

"아니, 이제 가야지."

"그럴래?"

"응, 아들 잘 키우고 잘 살아."

"그래, 처형도 잘 지내라."

"응, 이만 가자."

주름살에 흰머리도 늘고, 나잇살도 찌고, 배도 나오고, 다 그렇게 조금씩 늙어가고 있는 제부를 만나서 매콤한 낙지덮밥을 먹었다. 어제 일처럼 생생한 쓰라린 기억이 있건만, 오랜만에 만난 제부가 반가운건 무슨 심리일까? 내 동생을 배신했다고 나도 배신당한 것 같았었는데. 같은 가족으로 지낸 세월이 길어서일까? 아니면 너무나도 아이를 낳고 싶어 했던 제부를 이해할 만큼 나도 부모가 되고 어른이 되었기 때문일까?

상대방을 이해하는 것인지 용서한 것인지 모르겠지만, 돌아서는 발걸음이 내내 무겁게 느껴졌다.

5년 전, 판사가 나보고 할 말이 있으면 하라고 했을 때, 난 이렇게 말했었다.

"쉬는 날, 교회일이 바쁘다고 제부가 혼자 밥 먹고, 혼자 산에 가게 했으니 동생에게도 잘못이 있다. 내가 동생의 언니라고 제부를 이해 못하는 것은 아니며, 그동안 제부도 엄청 힘들었을 것이다. 매번 아기 때문에 툭하면 산부인과를 갔고, 팔 형제 중의 장남이라 대를 이어야 할 책임도 막중했을 것이고, 아이도 예뻐하는 편이라 누구보다 자기 자식을 갖고 싶어 했을 것이다. 그러나 난 내 동생 편이다. 나쁜 짓을 한 건 제부지 내 동생이 아니다. 시집가기 전에 같이 지낸 적이 있어서 누구보다 제부를 좋아하고 이해한다. 그러나 이제는 좋아할 수가 없다. 제부가 잘못했다. 용서할 수 없다. 앞으로 다시는 볼 수 없기에 더욱 밉다."

이제는 간통죄가 없어졌다.

아메리카노, 뭐라카노?

6월 초여름의 어느 날, 친구가 작은 커피숍을 시작했다고 연락이 왔다. 아무 일도 안하고 지내는 줄로만 여겼는데, 갑작스런 소식에 적잖이 놀랐다. 어울리지 않는 부업을 선택한 것이라 새삼스럽기까지 했다. 워낙 커피숍이 대세인지라 그러려니 하는 마음으로 장소를 물어봤더니 우리 아파트 건너편이었다. 친구는 테이블 다섯 개의 작은 커피숍에서 후배와 함께 열심히 구슬땀을 흘리면서 커피를 내리고 있었다.

"할만 해?"

"응, 어서와."

"야, 커피도 잘 마시지 않는 애가 무슨 커피숍?"

"응, 그렇게 됐어. 내가 뽑은 커피 마실래? 영미가 뽑은 것 마실래?"

"당연히 영미지."

후배인 영미는 바리스타 자격증도 갖추고 있던 터라 이번에 요긴하게 써먹게 되었다고 좋아했다. 가게를 오픈한 지 정확히 일주일. 두 사람은 서로 교대로 주문도 받고, 커피도 내리고, 빙수도 만들고, 샌드위치도 만들면서 손에 물마를 새 없이 동동거리며 모든 것을 척척 해내고 있었다. 둘의 환상적인 조화가 보기에 괜찮았다. 아직 익숙하지 않은 일이라 조금 더딘 것 빼고는 흠잡을 데가 없었다.

"영미야, 이제 좀 쉬어. 한가해졌다."

"그래, 좀 앉아 있자. 다리 아프다."

"내가 할 줄 아는 게 설거지밖에 없네. 컵이라도 씻어 줄게. 둘이 쉬고 있어."

"깨뜨리지 말고, 부탁해."

난 둘에게 잠시 손님이 끊긴 시간을 틈타 쉬라고 했다. 그러자 영미는 얼른 친구에게 갔다오겠다고 말하고는 휑하니

가게 밖으로 나갔다.

"아니, 어디가?"

"응, 뭐 좀 궁금한 게 있어 점집을 갔다온다고 해서 그러라고 했어. 가게도 잘 되는지 알아보고."

"야, 그런 것은 일 시작하기 전에 물어보는 거 아냐? 가게 일 할 시간에 무슨 점을 보러 가냐?"

"이 시간엔 손님이 없어. 동네라서 아줌마들은 저녁 준비하러 다 들어가고, 지나가는 손님밖에 없더라고."

"그래, 그런데 영미는 뭐가 그리 궁금해서 저렇게 달려가? 이미 가게 시작했는데."

"나둬, 물어보고 싶은 게 있나 보지."

"어휴, 점치러 다니는 거 되게 좋아하나 보네."

"즐겨하지, 아마?"

"그래?"

"갔다 오고 싶어 하니까 보내준 거야."

"그건 그렇고, 어떻게 차리게 된 거야?"

"여기 전 주인이 내놨는데, 부동산 사장님이 가게 자리도 좋고 수입도 좋다고 해서 하게 됐어."

"그래? 그런데 커피숍에 관심 없었잖아."

"응, 영미가 하고 싶어 했거든. 그래서 반반씩 투자해서 하는 거야."

"그랬구나."

한 시간 정도 지난 후 영미가 돌아오기에 나는 얼른 인사를
하고 집으로 왔다. 다음날 오후 한 시경이었다.

"언니, 저 영미예요."

"응, 그래"

"어제는 제대로 얘기도 못하고 헤어져서 아쉬웠어요."

"뭐가? 이제 알았으니 자주 놀러 가면 되지."

"언니, 저 상의할 게 있어요."

"응, 말해봐."

"어제 갔다 온 점집에서 심한 말을 듣고 와서 걱정스러워
서요."

"무슨 말? 그런 사람들은 별 것 아닌 일도 심하게 말하잖
아."

"아뇨, 마치 같이 일하고 있는 언니를 본 것처럼 인상착의
를 얘기하면서 같이 하면 제가 불리하다고 말하네요."

"그럴 리가, 아냐."

"언니, 저 커피숍 사실은 친정엄마한테 빌린 돈으로 차린
거예요. 그래서 고민 많이 했었는데 언니 혼자서 먼저 계약하
는 바람에 같이 하게 된 터라 걱정이 많아요."

"아냐, 친구가 너 손해나게 하지는 않을 거야. 걔가 너를 얼마나 위하는지 알면서 쓸데없는 걱정을 해, 괜찮아."

"아뇨, 잘 모르겠어요."

"글쎄, 돈 때문에 그 친구가 뒤통수치는 일은 없을 테니 너무 걱정 하지 마."

"……."

사흘 뒤 점심때쯤에 커피숍에 들렸다. 그런데 영미도 친구도 보이지 않고 대학생인 친구의 둘째아들이 혼자서 가게를 지키고 있었다. 마침 방학이어서 엄마를 도우러 나왔을 것으로 생각했다.

"찬수야. 엄마랑 영미 아줌마랑 다 어디 갔니?"

"엄마는 과일 재료 사러 가시고 영미 아줌마는 모르겠어요."

"아니, 낮에 주인들이 둘 다 자리를 비우고 안되겠는데, 그치?"

"그렇지 않아도 저 힘들어요."

"어쨌든 네가 고생하네."

"어, 엄마 오시네요."

"어디 갔다 오는 길이야?"

"응, 재료가 떨어져서. 앉아."

"영미는?"

"말도 마."

"왜?"

"아니, 무당한테 갔다 온 뒤로 계속 불만스런 얼굴을 하고 있더니, 월요일에 출근하자마자 더 이상 나오지 않겠다며 자기가 낸 투자금 몽땅 돌려달라고 하고는 가버렸어."

"뭐, 아니 그럼 가게 장사는?"

"그래서 급한 대로 찬수더러 도와 달라고 하고 아르바이트생 뽑고 정신없었어."

"무슨 경우가 그 모양이야. 그럼 언제 그만둔 거야?"

"월요일."

"뭐, 그럼 토요일에 점보고 와서 월요일에 관둔다고 한 거야?"

"응, 투자금도 당장 돌려 달래. 친정엄마 도로 드린다고."

"아니 세상에, 아무리 번갯불에 콩을 볶아먹는다고 해도 이건 너무하네. 가게 시작한 지 며칠 지났다고 일을 그만두고 투자금을 회수한다는 거야?"

"열흘 만에. 나 미치겠다."

"미치겠다. 진짜."

친구는 갑자기 일을 그만둔 후배 때문에 졸지에 커피숍을 혼자 운영하면서 뜨거운 여름을 맞이하고 있었다. 덩달아 아들 찬수도 방학 내내 그 좁은 커피숍에서 아르바이트를 하면서 온몸을 땀으로 흠뻑 적시고 있었다. 가끔씩 갈 때마다 안쓰러움에 영미에게 전화가 왔던 사실을 말하고 싶었으나, 후배에 대한 믿음이 강한 친구의 신뢰를 저버리게 될까 조심스러워서 입을 다물고 있었다. 그러던 어느 날, 친구가 잠시만 가게에 나와 달라고 부탁을 해왔다.

"응, 알았어. 나녀와."

"다녀올게. 다녀와서 말해 줄게."

"그래, 조심해서 다녀와."

두 시간 정도 지난 후 무표정한 얼굴로 돌아온 친구는 영미를 만나 가게 뒤처리를 한 얘기를 털어 놓았다. 가게 명의도 후배 이름이고, 사업자 명의와 전화, 그 밖의 모든 것들을 다 후배 이름으로 해놓았던 것이다. 오히려 친구가 잘못될 수 있지, 후배가 손해날 일은 하나도 없었다. 난 그제야 영미가 그만두기 하루 전에 전화했던 것에 대해 말하기로 했다.

"야, 넌 도대체 왜 너 단독으로 가게 계약을 했어?"

"아니, 영미한테 말하고 계약한 거야. 그리고 자기가 커피숍하고 싶다고, 돈이 모자라니까 나보고 같이 했으면 해서 그랬어."

"그렇게 말하지 않던데? 너 혼자 맘대로 계약해서 자기가 할 수 없이 했다고, 자본금도 엄마한테 빌린 거라 잘못되면 큰일이라고 했어."

"아냐. 너도 알잖아. 난 커피숍에 전혀 관심 없었어. 돈 벌지 않아도 먹고사는 데 지장 없고. 다만 영미가 힘들게 사니까 같이 하면서 도와주려고 차렸지."

"뭐라고?"

"가게 명의도 영미로 해줬는데 내가 무슨 욕심을 부리겠어. 잘되면 둘이 똑같이 나눠 갖고, 장사가 안돼서 밑천을 까먹게 되면 영미가 투자한 권리금과 보증금은 내가 보장해준다고 계약서에 써줬어. 그런데 무당이 뭐라 했다고 그만둔다는 게 말이 되냐?"

"어떤 놈인지, 년인지 알면 가만 안둘 텐데, 어이가 없다."

"이제 됐어. 사업자도 변경하고 더 이상 엮일 일이 없어. 투자금도 돌려주고 다 했어."

"그래도 서운하겠다. 그지?"

"그렇지 않아, 난 지난 7년간 영미를 만나는 동안 정말 친동생이라고 생각하고 최선을 다했어. 사람 사이의 관계를 소중히 여기니까."

"그래, 맞다. 최선을 다했으니까 아무런 후회도 미련도 없겠다."

"응, 걔가 밉지 않아."

"아이쿠! 성인 나셨다."

"그냥 이런 헤어짐이 아쉽다."

정말로 무더웠던 7월의 초복, 중복이 지나갔다. 친구는 한 달 반 넘게 아들 찬수와 함께 커피숍을 이끌어 나갔다. 무더운 여름 날씨에다, 생전 처음 해보는 커피숍 일에 온 신경을 쏟아 부었던 친구는 급기야 쓰러지고 말았다. 병명도 없이 과로와 빈혈에다 영양결핍으로 탈진해서 그만 119 앰뷸런스 신세를 지고 말았다. 친구 남편은 하나밖에 없는 마누라가 잘못되는 줄 알고 식겁했고, 영미에게 머리끝까지 화가 나서 다시는 만나지도 말라며, 당장 가게를 정리하라고 난리를 쳤다. 잠깐 병원 신세를 지고 나온 친구는 남편과 자식들의 성화와 본인의 건강 때문에 커피숍을 그만뒀다. 불과 두 달 남짓 사이에 친구에게 남은 거라고는, 몸무게가 12㎏이나 줄어 환자처럼 병적으로 날씬해진 것과 사랑하는 후배가 뒤통수를 한 방 갈기고 간 것 말고는 없었다.

"집에 놀러와. 커피 타 줄게."

"커피? 그래 갈게."

"이것 좀 들어봐."

"뭔데?"

"휴대전화에 영미가 점 보러 갔을 때 상황이 녹음된 게 있어서 들어봤어."

"뭐라고 되어 있는데."

"들어봐."

휴대전화에 녹음되어 있던 내용이다.

"무슨 궁금한 게 있어서 왔나요?"

"제가 지금은 아무것도 하지 않고 있는데, 앞으로 무슨 일을 할까 해서요."

"내년 봄이 지나면 지인하고 같이 본인이 원하는 일을 하는데."

"가게는 하고 싶은데 돈이 여유가 없어서 어떻게 할지 모르겠어요."

"친정엄마한테 얘기해. 그리고 도와주는 사람이 있어."

"누구요?"

"잘 아는 사람이 가게를 할 수 있게 도와주는데, 본인은 작은 것으로 오해할 수 있으니까 그때 잘하고."

"그럼 제가 일을 하는 것은 맞나요?"

"일은 시작하긴 하는데, 별거 아닌 일로 구설수에 오르거나 화합했던 사이가 깨질 수 있어. 그때 조심해."

"구설수는 무슨, 아무것도 하지 않는데요."

"어쨌든 남들은 그런 뜻이 아닌데 본인이 오해해서 구설수에 오르게 되지 않도록 조심해야 해."

"네. 알겠어요. 일단 일을 하기는 하는 거죠?"

"응, 일은 시작해. 남의 말에 오해하지 말고."

"네."

친구는 어이가 없다며 휴대전화의 내용을 내게 들려주었다. 결국 후배는 무당의 조언을 너무 믿어서 커피숍을 그만두고 나갔는데, 나중에 밝혀진 다른 무당의 조언은 남의 말을 오해하지 말고 구설수에 오르지 말라고 하지 않았는가 말이다.

이로 인해 동네 사람들이 영미의 무책임한 행동을 비난하기 시작했고, 덕분에 영미는 사람들 입에 오르내리면서 욕을 먹게 되었다. 아무리 무당의 조언을 신봉한다고 해도, 어찌 자신이 선택한 일을 그렇게 애들처럼 무책임하게 하루 만에 그만둔단 말인가.

덕분에 친구는 '아메리카노' 커피를 맛있게 내리는 방법을 익혔다. 무당의 조언을 듣고 심각하게 받아들인 후배는 어디서 무얼 하고 있을까. 자기 뜻과 다른 조언은 "뭐라카노?" 하면서 웃어넘겼으면 좋았을 텐데.

바보 같은 계집애.

부동산은 너무 어려워

사람들마다 제각각 자신의 노하우를 쌓아가면서 살아가고 있다. 누구는 머리를 써서, 누구는 몸을 움직여, 저마다 열심히 노력한 대가로 부와 명예를 축적하게 된다. 물론 때로는 실패를 맛볼 수도 있다. 남들보다 특별히 재주가 많아 보이지 않아도 '성실함'을 무기로 자신의 부족함을 채워, 그 누구보다 잘 사는 사람이라고 칭찬하고 싶은 이웃이 우리 주변에는 많이 있다. 그런 사람들은 대게 수수한 겉모습에 겸손한 태도로 일

관하며 그래서 상대로 하여금 판단하기 어렵게 만든다는 공통점을 지니고 있다.

가을의 한가운데서 한 통의 청첩장을 받았다. 큰 시누이의 딸 결혼식이었다. 내가 시집왔을 때 초등학교 6학년 소녀였던 아이가 이제 혼인을 한단다. 가족들 모두 결혼식장으로 향했다.

"어휴, 너무 빨리 도착했잖아."

"괜찮아, 천천히 구경하고 있으면 되지. 큰 매형한테 인사하고 올게."

정신없이 돌아가는 결혼식장의 모습은 여느 결혼식장과 마찬가지였다. 결혼식의 꽃은 신부라 했는데 큰 시누이의 한복을 곱게 입은 단아한 모습이 눈에 더 띄었다. 원래 한 미모 하는 분이라 멀찍이 지켜보면서 속으로 '참 고우시네.'하고 생각하고 있을 때였다. 말쑥하게 차려입은 젊은이가 웃으며 다가오더니 나에게 손을 내밀었다.

"작은 외숙모."

"어, 야! 몰라보겠다."

"외숙모는 그대론데요."

"아니, 살쪘지. 넌 엄청 살 빠졌네."

"네. 외숙모. 잠깐만요. 소개시켜줄 사람 있어요. 기다리세요."

"응."

어수선한 결혼식장에서 몇 년 만에 만난 조카애가 다 큰 어른이 되어 있었다. 그도 그럴 것이, 조카는 해외에서 근무하느라 자주 한국에 들어오지 못하기도 했고, 장가갈 나이도 됐으니 여자 친구 만나느라 바쁘게 살았을 것이라 여기고 있었다.

"외숙모, 결혼할 여자인데요. 인사해."

"안녕하세요. 정진 씨랑 결혼할 사이입니다."

"네, 처음 보네요. 안녕하세요."

"네, 잘 부탁드립니다."

"나한테 잘 부탁드릴 것은 없고요. 둘이 잘살면 되죠. 시어머니 되실 분은 저기 계시는데 하객들 받느라 정신없으시네요."

"네, 아까 인사드렸어요."

"네, 정진아, 빨리 다른 친척들한테도 인사드려."

"외숙모, 나중에 다시 봬요."

"응."

돌아서는 조카아이의 얼굴에 미소가 한가득이었다. 여동생이 먼저 결혼하고 자신도 내년 봄이면 결혼하니 좋아서 신이 났다. 결혼 후에도 외국에서 3년 이상 머물다 들어와야 한다며, 엄마 잔소리를 듣지 않아도 돼서 좋다고 말했다. 살도 많이 빠지고 이제는 다 큰 어른이 되어서 나타난 조카는 자신이 항상 뚱뚱했던 때문인지 날씬한 여자를 선택한 것 같았다. 하긴 젊은애들이야 다 날씬하지. 나도 젊어서는 날씬했는데…….

"신부 대기실이 어디야?"

"신부를 봐야지. 얘들아 가보자."

예쁘고 화사하게 단장한 조카딸은 뭐가 그리 좋은지 웃음기 가득한 얼굴로 나를 반겼다.

"어서 오세요. 외숙모."

"어, 예쁘네. 잘살아. 신랑은 어딨어?"

"저쪽에요."

"그래. 조금 있다 보자."

상대 남자가 해군 장교 출신이라 해군회관에서 결혼식을 하게 된 덕분에 구경거리가 많았다. 진행도 여느 결혼식장들과는 달리 여유로웠고, 결혼하기까지의 신랑 신부 모습을 슬라이드로 보여주기도 했다. 하객들의 박수갈채와 축복 속에 입장하는 조카딸을 바라보면서, 내 딸도 얼마 있으면 저런 모습으로 서 있을 것이라고 생각하니 괜히 마음이 울컥했다.

"어휴, 신랑이 키가 엄청 크네."

"신부도 키가 크네. 둘 다 훤칠하네."

"맞아요. 둘 다 한 인물 하네요."

조카애의 얼굴에서 큰시누이의 모습이 보였다. 조카애는 의학의 힘도 살짝 빌리고, 시집갈 때가 돼서 그런지 미모가 한껏 물이 올랐다. 엄마만은 못하다고 생각했는데, 그래도 오늘은 가장 예쁘다. 그렇게 애지중지 키워서 딸을 시집보내는 부모의 마음은 어떨까? 큰 매형이 어려서 가난하게 살았다고 남편에게 여러 번 얘기를 들었다. 이제는 남부럽지 않게 재산도 모으신 그분은 딸아이 혼사에서 만세삼창을 외치며 기분 좋아하셨다.

"작은 처남댁은 이 다음에 뭐를 하고 싶나요?"

"지금은 배가 불러있으니 애기 낳고 나서 생각해볼게요."

"난 슈퍼 그만두면 부동산 하려는데, 처남댁도 관심 있으면 말해요."

"저는 그런 쪽에 도통 아는 바가 없어서요."

"누구는 아나요. 배워가면서 하는 거지."

"그래도 어느 정도 지식이 있어야 하지 않나요?"

"종자돈이 있어야 하죠."

"아, 네."

"나중에 종자돈 모아서 해봐요."

"글쎄요."

그렇게 시작한 큰 매형의 부동산 일은 승승장구하셨다. 고구마를 끼니로 먹고 살았었다던 옛날이야기를 가끔씩 전해들은 나는, 열심히 살면서 재산을 늘리는 재미에 푹 빠져 있는 큰 매형 내외의 모습이 부러웠다. "곳간에서 인심난다."고 하더니, 현대판 자린고비의 대표적 인물이었던 큰 매형은 이제 한턱 쏘기도 잘하신다.

"처남. 이 봉투 친척들한테 나눠드려."

"네. 이름이 적혀 있는 대로 드리면 되는 거죠?"

"응, 다들 가시기 전에 얼른……."

"네."

결혼식도 지역마다 풍습이 다르다고 알고는 있었지만, 이쪽 지방은 멀리서 하객으로 온 친척들에게 여비를 드리는 게 예의라고 한다. 잔치에 홍어나 상어고기를 반드시 올려야 하는 곳도 있고, 혼수품인 장롱을 남자 쪽에서 준비하는 곳도 있는 등 결혼식 풍습이 참으로 다양하다.

그렇게 정신없던 결혼식이 끝나고 식사를 할 때, 신혼부부는 테이블마다 돌면서 친척 분들에게 정식으로 인사를 했다.

"엄마, 큰아빠랑 오빠는 어디에 갔어?"

"음식 가지러 갔나봐. 오실거야."

"많이 먹자. 너도 많이 먹어라."

"엄마, 큰오빠는 얼굴이 우울해 보였고 고모네 정진 오빠는 기분 좋아 보였어."

"응, 찬호는 일하느라 피곤했나봐. 정진이는 곧 장가간다고 신나서 그래."

"아, 그랬구나. 그런데 수진 언니는 왜 오지 않았어?"

"엄마도 몰라."

한때는 제일 잘나가던 큰 시숙 내외는 최근에 경제적으로 어려움을 겪고 있었다. 그 때문인지 큰 조카딸은 끝내 오늘 결혼식에 참석하지 않았다. 나이도 오늘 시집간 시누이 딸보다 더 많고, 하루 빨리 결혼해야 하는데 걱정이다. 그런 모습이 어린 우리 애들한테도 보였는지, 고모네 언니 오빠가 제일 편하게 보인다며 말을 이어갔다.

"엄마, 수진이 언니가 더 나이 많잖아?"

"응, 수진이랑 찬호가 더 나이 많지."

"그런데 왜 결혼 안 해?"

"결혼은 나이 순서대로 가는 게 아니잖아."

"나도 알긴 알아. 그래도 서른이 다 넘었잖아."

"하겠지. 너는 그런 얘기 언니 오빠한테 하지 마라. 알았지?"

철없는 아이들과 이야기를 나누면서도 가슴 한편이 시렸다. 회사 경영자로서 책임을 지고 물러나 시련의 시간을 보내고 있는 큰집 가족들과, 부동산 사업으로 모은 재산으로 잘 살고 있는 큰형님 내외가 우리 아이들에게 어떻게 비춰질지는 나중에 알 일이다.

"결혼식은 잘 갔다왔어?"

"응, 요즘 결혼식은 볼거리도 많고 다양하더라. 우리 때는 거의 똑같았잖아?"

"나도 지지난주에 다녀왔는데 재미있더라."

"응, 나도"

"큰 매형이 부동산 하신다며?"

"너도 부동산 하는 거라고 봐야 되지 않냐?"

"나는 부동산 중개업자가 아니고."

"야, 중개업자보다 더 잘 사고 잘 파는데 무슨."

"난 멀었어."

"멀긴 뭐가 멀어."

"멀었지. 돈 많은 사람들이 얼마나 많은데."

"야, 그럼 나 같은 건 죽어야겠다."

"그런 얘기가 아니고."

"뭐가 아냐."

순정만화의 가난한 주인공처럼, 온갖 힘든 일을 다 하면서 스스로 학비를 벌어 공부해서, 대학을 졸업한 친구는 열심히 산 대가로 지금은 동네에서 모두 부러워하는 아줌마로 통하고 있다. 두 내외가 알뜰히 살아서 조금씩 아파트 평수를 넓혀 가더니, 어느 날 '부동산 대출'이나 '분양권', '경매', '입찰' 등, 부동산에 관해 빠꿈이가 되어가면서 점점 재산을 늘리기 시작했다. 이번에는 얼마에 사서 얼마에 팔았고, 세금이랑 수수료는 얼마를 내고 등등 무엇이든지 사고팔 때마다 얘기를 해줘서 나는 친구의 자산과 빚에 관해 대충 알고 지내는 사이다. 그런데 희한하게 그 친구는 사고팔 때마다 한 번도 손해를 본 적이 없는 것 같아 궁금해서 물었다.

"야, 너는 어떻게 한 번도 실수를 하지 않지? 부동산 중개업자인 우리 남편 매형분도 어쩌다 손해를 볼 때가 있던데."

"그러게, 운이 좋은가?"

"운은 무슨."

"내가 좀 그렇지?"

"그래 비결이 뭐야?"

"매일같이 생각하고 뉴스나 시세정보에 늘 관심을 갖고 민감하게 대처를 해서 그런게 아닌가 싶은데."

"그래? 다른 사람들도 다 관심 갖고 있잖아."

"사고팔 때만 관심 갖는 게 아니고 평상시에 귀를 기울이고 있어야 실패가 없지. 전체적인 흐름과 세밀한 부분도 놓치지 않고 보면서 말이야."

"그러니까 실수 없이 잘하는구나."

"그렇기도 하고."

"나는 이사 한번 가는 것도 어렵던데."

"호호호."

"좋겠다."

친구는 항상 자신과 관계된 부동산에 대해서는 팔든 사든 계속적으로 관심을 갖고 그 물건에 대해 연구를 한다. 팔거나 샀으면 그만이지 뭐하러 또 생각하나 싶은데 그게 아니었다. 다시 사고팔 때를 대비해 미리미리 공부하는 게 일상의 취미이자 특기가 되어버린 것이다.

"야, 너만 하지 말고 나도 가르쳐 줘."

"야, 계속 옆에서 얘기해 줬는데 뭘 가르쳐? 실전을 보고 배웠으면 네가 직접 해 봐야지."

"돈이 있어야 시작하지?"

"적은 돈으로 할 수 있는 것도 있어."

"그래, 어떻게?"

"누군 돈 있어서 하니? 다 은행에서 빌려서 하는 거야."

"대출?"

"그래. 처음부터 돈이 많아서 하는 사람이 어디 있냐."

"어휴, 몰라."

"빚은 곧 내 친구다 하면서 살다보면 어느새 하나가 내 꺼가 되어 있고, 또 대출 받고 하나 사고, 하나 팔고."

"그러다 잘못되면 어떻게 해."

"그러니까 매일같이 부동산에 신경 쓰고 살지."

"어휴, 난 뭐가 뭔지 모르겠다."

"하긴, 나도 이십년간 배우면서 터득한 거니까."

"그래, 대단하다. 장하다."

"내가 종잣돈을 조금 더 많이 갖고 시작했으면 지금쯤 대박났을 텐데……."

"그럴 수도 있고, 돈 있다고 더 크게 벌렸다가 실수했을 수도 있고."

"그렇긴 해."

"어째든 나는 너무 어렵다."

"쉽게 돈 버는 일이 어디 있나, 그만큼 대가를 치러야 되잖아."

"그래 맞아."

"머리 아프지? 커피나 마시자."

"부동산은 너무 어려운 것 같아."

"세상 살면서 어렵지 않은 일이 어디 있어. 다 어렵지."

"그러게. 어쨌든 부동산은 너무 어려워. 아니 돈 있으면 쉬운가?"

"아니지. 돈에 맞는 부동산을 잡을 테니까 그것도 어렵겠지?

"끝이 없네. 그지?"

"그렇지."

나에게는 늘 영순위

지나가는 청춘이 아까웠는지, 아니면 혼자서 편한 삶을 즐기는 게 좋아서였는지, 나는 또래들보다 나이가 훌쩍 들어 결혼했다. 그 당시만 해도 여자 나이로 스물대여섯에는 결혼을 하는 추세였기에, 나처럼 서른 중반에 초혼을 하는 경우가 흔치는 않았다. 임신과 출산도 늦어져서 나는 별의별 검사를 다 받으면서 예쁜 딸과 아들을 얻었다.

인간이 인간으로서 제대로 완성되려면 자식을 낳아 길러

봐야 한다. 그래야 남자도 여자도 비로소 희생과 고생이 무엇인지, 뗄 수 없는 끈끈한 사랑의 감정이 어떤 것인지를 알게 된다. 남녀간의 불같은 사랑이 아닌 부모자식간의 애잔한 사랑을 어찌 말로 다 표현할 수 있을까? 자식 앞에서는 그 어떤 것도 대신할 수 없다. 그래서 남편을 잃은 여자는 '과부'요, 아내를 잃은 자는 '홀아비'요, 부모를 잃은 자는 '고아'라고 표현하지만, 자식을 잃은 사람에게는 그 어떤 말로도 위로가 되지 않아 부르는 명칭도 아예 없다고 한다. 그만큼 누구에게나 자식은 소중하고 귀한 것이다.

우리는 아무리 힘들고 어려운 삶의 순간에서도 자식들을 위해 애써 참고 견뎌내는 경우가 허다하다. 나도 자식들이 전부라고 생각될 때가 참으로 많다. 그만큼 자식이라는 것은 우리에게 굉장히 소중하고 특별한 존재인 것이다.

"여보, 난데, 놀라지 말고 들어. 일하다 다리를 다쳤어."

"뭐? 그래서 어떻게 됐는데."

"응급치료 받았고, 지금은 병원이야. 애들 챙기고 천천히 와."

"혼자 있어?"

"아니, 회사 직원이 함께 있어. 같이 병원에 왔지."

"알았어. 동생한테 애들 좀 봐달라고 하고 갈게."

친구와 점심을 먹고 있을 때 걸려온 한 통의 전화가 우리 집을 얼마나 뒤죽박죽으로 만들게 될지 이때는 꿈에도 생각하지 못했다. 부리나케 집으로 돌아와 병원에 가져갈 물건을 챙기고, 아직 초등학교 2학년과 유치원생인 아이들을 봐달라고 급히 동생을 불러놓고는 잔뜩 긴장한 채 병원에 도착했다.

"여기야, 여보. 애들은?"

"지금 애들 걱정은. 동생이 알아서 챙기니까 걱정 말고. 다리는?"

"부러졌다고 하는데, 퉁퉁 부은 상태라 바로 수술은 안 되고 붓기가 가라앉아야만 할 수 있데."

"어쩌다가 그랬어? 컴퓨터 앞에 있는 사람이 다리는 왜 부러지는데?"

"기계에 이상이 있다고 해서 보러 갔는데 커트기가 오작동을 하면서 오른쪽 다리를 쳤어. 그래서 안쪽으로 넘어지면서 다리가 부러졌는데, 너무 아프다."

나는 남편의 오른쪽 다리가 양쪽으로 잘게 부서졌다는 의사의 설명을 들은 후에야 비로소 부상 정도의 심각성을 제대로 알 수 있었다. 다리의 붓기를 제거하느라 열흘 정도 안정을 취했던 남편은 다리에 핀을 박고, 끊어진 신경을 잇고, 인공뼈를 덧대는 수술을 여섯 시간에 걸쳐 받았다. 그로부터 남편의 기나긴 병원생활이 시작되었다.

"선생님, 수술은 잘 끝났나요?"

"네, 힘들었습니다, 너무 잘게 부서져서 고생했지만 무사히 마쳤어요. 이제 조금 있으면 수술실에서 나올 겁니다."

"네. 고맙습니다. 고생하셨습니다."

회복실을 통해 드디어 남편의 발이 보였다. 다른 사람보다 워낙 까만 피부를 가진 터라 바로 남편인 줄 알았다. 가슴을 졸이고 있다가 남편의 시꺼먼 발을 보니 그렇게 반가울 수가 없었다.

"자기야. 괜찮아?"

"어, 마누라. 나 괜찮아."

"마누라라고 하는 것 보니까 살아 있네."

병실로 돌아온 남편은 침대에서 스물네 시간을 꼬박 누워 있었다. 다리를 다친 거라 정형외과 병동으로 입원했더니, 보이는 환자마다 어디 한 군데는 부러지거나 다친 사람들이었다. 대부분이 뼈가 굳기를 기다리거나 핀을 제거하기 위해 기다리는 환자들이라 입원 기간이 짧게는 한 달에서 길게는 몇 개월씩 걸렸다. 그렇게 오랫동안 같은 병실을 사용하다 보니 환자들이나 보호자끼리 친해지게 되어, 집안일을 보러 다녀올 때는 서로서로 다른 환자들을 챙겨주기도 했다.

"마누라."

"응?"

"내일은 여기 병실에 있는 환자들끼리 칼국수 먹으러 대부도에 가려고 하는데, 같이 갈래?"

"뭐? 어떻게 가?"

"봉고차로 가면 돼. 보호자도 가고 싶으면 같이 가자는데?"

"나도 가도 되는 거야?"

"응, 병원 밥 지겹다고 다들 나가서 먹자고 하는데, 같이 가자."

"알았어."

몇 개월씩 병원 식사를 하는 통에 어떤 환자는 고추장을 달고 살고, 어떤 보호자는 간호사 몰래 젓갈 종류의 반찬을 가져다 환자에게 먹이는 등 천태만상의 반찬들이 식사 시간마다 밥상 위에 올랐다. 그도 그럴 것이 병원에서 나오는 반찬은 심심하고 아무런 맛이 없어 쉽게 질리기 때문이다. 그래서 각 병실마다 보호자들이 집에서 가져온 김치나 밑반찬을 다같이 나눠먹고 지내는 게 보통이었다.

"사람들이 우리만 쳐다보네."

"그렇지. 이상하잖아."

"어디가 하나씩은 부러지고 다쳐서는 환자복을 입은 채로 먹고 있으니까 쳐다볼 수밖에."

"신경 쓰지 말고 드세요."

"하긴 보면서도 궁금하고 웃기겠다."

깁스한 상태에다, 목발에 의지하고서라도 칼국수를 먹겠다고 그 먼 대부도까지 다녀오는 등, 같은 병실 사람들끼리 그렇게 재미있고 살갑게 지냈다. 그러다 누가 퇴원을 하면 바로 다음날 병문안을 오기도 했다.

남편은 삼 개월의 병원 생활 끝에 퇴원을 했지만, 그 후에도 한참 동안 통원치료를 받은 후에야 겨우 깁스와 목발을 치우고 본인의 다리로 걸어 다닐 수 있게 되었다. 그런데 회사에서는 몸이 불편한 남편을 냉랭하게 대했고, 견디다 못한 남편은 핀을 제거하는 수술을 받기도 전에 회사를 퇴직하기로 했다. 말이 좋아 퇴직이지 보이지 않는 무언의 압력과 눈초리 때문에 더 이상 회사를 다닐 수 없다고 판단한 남편은 그렇게 해서 정든 회사를 그만두게 되었다.

재수술 후 또다시 재활치료와 물리치료를 병행해야 했다. 그렇게 또 한참의 시간이 흐른 뒤에도 겨우 걸어 다닐 수 있을 만큼 회복이 되었고, 나는 남편이 걸어 다닐 수 있는 것만

도 천만다행이라고 생각했다. 그러나 사십대 중반의 나이에 다리가 온전하지 못한 상태로 직장을 잃은 남편은 그때부터 기나긴 실직 상태로 있게 되었다.

"엄마, 아빠는 왜 회사 안 가?"

"아빠 아파서 그래. 다리 아파서 수술한 거 알지?"

"응. 그런데 한참 전에 했잖아."

"응, 아직 다 안 나아서 그래."

철없는 아들의 질문에 대답을 하면서도 속으로는 애가 탔다. 벌써 몇 년째 놀고 있는 남편의 모습이 초등학생이 된 아들과 딸의 눈에 어떻게 비춰지고 있을지 뻔한 일이다. 친구들 아빠와 다른 점이 궁금해 물어볼 때마다 나는 아빠 대신 변명을 늘어놓곤 했다.

그러나 그런 변명도 한두 번이지, 아이들의 마음속에는 아빠의 모습이 집에만 있는 사람으로 굳혀져 가고 있었다. 우리 때와는 달리 아이들 교육이 체험과 참여 중심의 학습으로 바뀌면서, 이제는 학부모들도 빈번하게 학교 수업에 참여해야 하는 시대가 되었다. 늘 집에 있는 아빠를 보고 자란 아이들에게 좋지 않은 직업관이 심어질까 두려워, 위탁운영을 하고 있던 학원 차량을 직접 운전하도록 하거나 해도 자꾸만 본인의 적성에 맞지 않는다며 거부를 하곤 해서 부부사이가 어굿나기 시작했다. 그러자 점차 대화가 줄게 되었고 어쩌다 할 말이 있어 대화를 하다 보면 말싸움으로 끝나기 일쑤였다. 결국엔 그런 부모를 보면서 유년기를 보낸 아이들이 더 많은 상처와 고통을 받게 될 것이 뻔했다.

그날도 학원에서 상담을 끝내고 저녁시간을 넘겨 오후 여덟 시에 퇴근했다. 배고파하는 아이들에게 미안한 마음에 얼른 저녁을 차리는데 남편이 시비를 걸었다.

"왜 더 늦게 오지. 일찍 와서 뭐해."

"뭐?"

"아예 더 늦게 오지 그랬어?"

"내가 놀다 왔어? 학원에 학부모가 상담하러 와서 늦었다고 했잖아. 왜 그러는데?"

"애들 배고픈데 서둘러 오면 어디가 덧나?"

"내가 일부러 그랬어? 뻔히 알면서 왜 그러는데. 그러면 자기는 집에서 뭐했는데?"

"뭐라고?"

"그렇게 애가 타면 직접 저녁을 챙겨 먹이지, 아무것도 하지 않으면서 시비야."

"진짜, 말 다했어?"

"그래. 말 다했다. 다른 여자들은 남편이 벌어다주는 돈으로 집에서 판판히 놀면서 먹고사는데, 나보고 왜 자꾸 난리인데."

"내가 할 줄 아는 게 없잖아?"

"라면이라도 먹이면 되잖아."

"애들한테 라면을 먹이냐?"

"한 번쯤 먹는다고 죽지 않아."

화가 나서 소리를 지르며 한바탕 남편에게 퍼부어댔다. 그까짓 한 번쯤은 자신이 챙겨 먹여도 되지 않는가 말이다. 하지만 남편은 라면도 제대로 못 끓이는 요리 백치라 아이들 밥 챙기는 것을 무던히도 힘들어 했다. 다른 집안일은 다 도와주는데 음식에 관해서는 아무것도 할 줄 몰라, 매번 끼니때마다 내가 다 챙겨야 해서 식사 시간을 맞추기가 여간 불편한 게 아니었다. 집과 학원이 멀어 차를 타고 다녀야 했기에, 제때 집에서 저녁을 챙겨주기가 수월하지 않았다. 그렇다고 학원을 운영하고 있는 처지에 아무 때고 집으로 돌아올 수는 없었던 것이다. 엄마 아빠의 싸우는 소리가 들리자 이내 아이들은 눈치를 보더니 아들이 울면서 말했다.

"엄마. 이제 라면 먹어도 괜찮아. 아빠, 엄마가 늦게 오면 라면 먹자. 싸우지 마. 누나, 우리 저녁에 라면 먹어도 괜찮지?"

"응. 괜찮아. 엄마 싸우지 마."

"아빠도 화내지 말고 그만해."

울면서 말하던 아들이 환하게 웃고 있는 우리 부부의 모습이 찍혀 있는 작은 액자를 아빠에게 보이면서 이렇게 말했다.

"이때는 좋아서 결혼해 놓고 왜 싸우는데?"

"한번 골라서 결혼했으면 그만이지, 왜 자꾸 싸우는데."

"그만 싸우라고."

"엄마도 그만해."

할 말이 없었다. 아니 너무 많았다. 하지만 아이들이 이해할 수 없는 것들을 설명해서 무슨 소용이 있으랴!

가장 노릇을 시작한 지 어언 5년이라는 세월이 흐르면서, 나는 정신적, 육체적으로 피폐해지고 있었던 것이다. 그리고 떳떳하게 내게 밥상을 차리라고 명령하듯 말하는 남편이 미웠다. 아니 싫었다. 저녁 내내 우는 아들과 딸을 보면서 남편과 나는 아무 말이 없었다. 누가 자식의 눈물을 보고 가슴이 아프지 않겠는가. 하염없이 흐르는 눈물로 범벅이 된 아들의 눈을 훔쳐 주면서 난 이렇게 말했다.

"아들, 엄마랑 아빠가 아직도 서로 좋아서 싸우는 거야."

"응?"

"좋아하는 마음이 없으면 싸우지도 않거든."

"왜?"

"원래 그래. 싸워야 또 다시 의견 대립을 하지 않고 이해하고 살지."

"그래도 싸우지 말았으면 좋겠어."

"알았어. 말도 하지 않고 관심도 없으면 싸우지도 않아, 알았지?"

"응."

이해하는 척하는 아들의 표정을 보면서 남편은 미안해 하는 마음을 감추지 못했다. 뜨거운 여름이 이렇게 지나가고 있었다.

또다시 가을이 돌아와 드높은 하늘을 뽐내고 있을 무렵의 어느 날이었다.

"나 내일 면접 보러 갔다 올게."

"알았어."

별반 기대도 하지 않고 한귀로 흘려들었다. 실직 상태에서 다시 재취업하기가 하늘의 별따기인 시대인지라, 수없이 이력서를 보내고 면접을 봐도 돌아오는 답변이 없었다. 그렇게

힘든 나날을 보내고 있던 남편이 오랜만에 갖춰 입고 나선 모습이 오히려 안쓰러워 보였다.

"여보, 나 내일부터 출근해."

"뭐?"

"출근한다고, 아침밥 챙겨줘."

"응, 알았어."

무척이나 새삼스러운 남편의 출근이 너무나 기쁘고 좋았다. 대기업이 아니면 어떻고 월급이 적으면 어떻단 말인가. 그저 남편이, 아이들 아빠가 회사원이 되어 다시 사회생활을 하면서 적응하는 모습이 우리 가족에게 필요했을 뿐이다. 그동안 집에 있으면서 혼자 속을 끓이고 가슴앓이를 했던 남편의 마음을 누구보다 잘 알기에 박수와 파이팅을 외쳤다. 평범한 다른 가정들처럼 우리 집에도 소소한 웃음거리가 생길 수 있도록 용기를 내어 도전한 남편에게 아낌없는 칭찬을 보냈다.

"아들, 네가 좋아하는 프링엘 과자다. 먹어라."

"네, 아빠."

"아빠가 아들 좋아하는 과자도 잘 못 사주고, 그동안 미안했어."

"아니, 괜찮아."

항상 "응."이라고 대답하던 아들이 "네."라고 존댓말을 할 만큼 시간이 흘렀다. 남편은 아직도 새로 들어간 직장에 적응을 못해 매일 아침마다 회사 가기 싫다고 애들처럼 떼를 쓰다가 출근하고 있다.

　우리 집에는 두 명의 아들이 있다. 덩치 큰 아들과 어린 아들.

나의 하나님, 당신의 하나님

"인간이 가장 잘한 일 중의 하나가 자신보다 강한 존재를 만들어내 그것에 의지하고 그것을 '신'이라고 한 것이다."라는 말이 있다.

우리는 아프거나, 힘들거나, 난관에 부딪히거나, 기적을 바랄 때 '신' 앞에 무릎 꿇고 자신의 나약함을 인정하며 '기도'를 통해 자신의 소망을 이루고자 애를 쓸 때가 있다. 물론 종교적인 차이가 있으나 각자가 믿는 그 신이 자신의 하나님이요 부처님이며, 알라 신이요 태양신인 것이다.

신이라는 '존재'가 있어서 '신'인 것인지, 아니면 '신'이라는 이름이 있기에 '존재'하는 것인지는 알지 못한다. 그러나 인간이 스스로 여리고 약한 존재임을 신 앞에 무릎 꿇고 인정할 때, '신'은 비로소 우리의 삶과 하나가 된다. 무신론자건 유신론자건, 인간이 불완전한 존재인 한, 결국은 누구라도 각자의 믿음대로 신을 섬기는 것이다.

"난 나 자신을 믿어."

"난 기독교야."

"난 불교야."

"난 천주교야."

"난 천도교야."

"난 아무것도 안 믿어."

우리 주변에서 흔히 들을 수 있는 대표적인 종교의 이름이다. 물론 더 넓게 보자면 이런 대표적인 종교 말고도 우리나라는 샤머니즘적인 색깔을 띠고 있는 다양한 모습의 종교들이 있다.

"엄마, 급한데 천오백만 원이 필요해. 내가 잘못된대. 어떻게 해. 지금 당장 은행계좌로 입금해 줘."

"뭐가 잘못돼? 너 어디야."

"종로. 빨리 엄마."

"자초지종 설명해 봐."

"지나가던 도인이 나보고 할 말이 있다고 해서 커피숍에 들어 왔는데, 내 사주를 보더니 꼭 알고 있는 것처럼 아픈 곳과 조상에 대해서 말했어. 굿하지 않으면 큰일난대."

"아이고, 그거 다 사기야."

"아니야, 엄마."

"집에 와 얼른. 말 같지도 않은 소리 하지 말고 빨리 와."

"엄마는 내가 잘못된다는 데도 그깟 돈 때문에 그래?"

"엄마 지금 돈도 없고, 와서 다시 차근차근 얘기해."

살살 달래가며 딸아이를 돌아오게 해 자초지종을 묻던 큰 이모는 배울 만큼 배운 딸애가 그런 일에 마음 쓰고 힘들어한다는 사실에 새삼 놀랐다며 그간에 있었던 일을 나에게 털어놓았다.

"쟤가 어려서부터 많이 아파서 내가 힘들 때마다 가끔씩 의지하던 보살이 있는데 그걸 보고 자라서 그런지 너무 쉽게 아무 말이나 믿고 그러네."

"큰 이모를 보고 배워서 그래."

"아냐, 난 쟤 어렸을 때 교회 다니고 했어."

"무슨, 큰 이모가 굿하고 점치는 것을 봐서 그런 거지."

"아냐."

영적인 세계가 실제로 존재한다고 믿는 사람에게 가슴에 남는 한마디를 해주면 쉽게 현혹되는 경우가 더러 있다. 그가 신의 세계를 믿는 사람이기에 가능한 것이다. 그 신이 어떤 신이든 우리는 저마다 각자의 신들을 믿고 의지한다. 신은 우리의 삶 속에 다양하게 자리잡고 있다.

나는 어려서부터 엄마를 따라 교회를 다녔기에 자연스럽게 기독교를 믿게 되었다. 그러나 사춘기 때는 성경에 쓰여 있는 것들이 현대의 과학이나 상식으로 이해가 가지 않는다고 무척이나 반항하곤 했었다. 아무리 이해하려 애써도 말도 안 되는 소리라고 외치고 싶은 성경 구절이 한두 개가 아니었다. 믿을 수 없는 사실들을 믿으라고 하니 불만이 늘어나고, 그래서 불평을 하면 다른 이들이 내게 믿음이 부족해서라고 몰아붙이는 통에 겁나서 말도 못하던 시기가 있었다.

종교에서는 무조건적인 믿음을 요구하지만 믿어져야 믿을 것 아닌가! 신앙생활의 기본이 되어 있지 않다는 질타를 받고는 더 이상 교회에 나가지 않은 적도 있었다. 다른 종교도 마찬가지였다. 다른 종교인들은 일단 배타적인 시선으로 바라보고, 그들이 자신들의 영역을 침범하는 것을 허락하지 않았다. 너무나 어려운 신앙생활인 것이다. 올바른 믿음생활이 과연 어떤 것인지 알 수 없었다. 그때 내게 아주 간결한 질문을 던진 집사님이 계셨다.

"왜 신앙생활을 하는데?"

"네?"

"그냥 막 살아도 되는데 왜 신앙생활을 하냐고?"

"글쎄요."

"거추장스럽고 걸리적거릴 수 있는 종교를 왜 갖게 된 건지 말해봐."

"엄마 따라서요. 어렸을 때."

"지금은 아니잖아."

"착하고 마음 편하게 살려고."

"편하게 살려면 믿지 않는 게 행동의 제약도 없고 더 편하지 않겠어?"

"그렇긴 하지만."

"삶의 기준점은 갖고 살려고 그랬겠지?"

"그렇죠. 일단 어떻게 사는 것이 바로 사는 것인지 알 수가 없으니까."

"종교라는 것은 자기만족이 아냐. 또 결코 편한 것도 아니고."

"그렇다고 종교가 불편한 마음을 갖게 만들면 믿기 힘든 것 아닌가요?"

"아니지. 모든 종교는 그 종교에 어울리는 불편함이 있지."

"네, 종교마다 각자의 종교의식과 그 종교가 지향하는 가치를 따르라고 하니까."

"그래. 본인이 더 잘 알고 있네."

"그런가요? 난 잘 모르겠어요."

나이 칠십이 넘으신 권사님은 자신의 경험을 털어놓으시

며 본인이 믿는 하나님만이 하나님이라고 여기고 계셨다.

"난 내가 아파서 죽을 고비를 넘겨봐서 잘 알아."

"어떤 병이 있었나요?"

"내가 젊은 날 혹사한 몸 때문에 육십 넘어 간이 다 망가져서 이식 수술을 해야만 살 수 있었어."

"그래서요?"

"여기에서 간을 이식하려면 죽기 직전이나 가능하고, 그때까지 버틸 체력도 없어서 죽을 날만 기다리다가 어찌어찌 수소문해서 중국에 가게 됐어."

"중국까지요?"

"응, 중국 병원에서 이식할 수 있는 간을 찾던 중에 두 달만에 어느 사형수의 간을 이식 받게 되었는데, 수술 전날 꿈을 꿨어."

"꿈이요?"

"꿈에서 어느 삼십대의 젊은 남자가 담벼락 앞에서 얼굴이 가려진 채로 날 보고 있었어. 그런데 그 사람의 따뜻한 눈길에 내가 고개를 들었는데, 그때 내 귓가에 소리가 들렸어. 넌 살았다고."

"살았다뇨?"

"그때만 해도 장기이식 수술이 발달하지 않은 탓에 수술을 해도 생명을 유지할지는 장담할 수 없었거든. 서울에서 중국까지 비행기를 타고 가서 이식 수술을 할 때는 목숨을 내던지고 간 것이었는데, 내게 간을 이식해줄 사람의 형상이 보였고 다행히 난 성공적인 수술을 할 수 있었어."

"그렇다고 하나님의 은혜라고 믿을 수 있는 근거가 있나요?"

"있어. 수술 후에야 간을 이식해준 사람이 삼십대의 사형수인 것을 알게 됐고, 그 남자의 간은 원래 나 말고 다른 사람에게 이식하기로 되어 있었는데, 거부반응 검사에서 그 사람은 안 맞고 내가 맞아서 간을 이식 받을 수 있었지. 이게 다 나중에 중국 병원에서 말해준 사실이야."

"아, 네."

"수술 자국이 채 아물기도 전에 나는 다시 한국행 비행기를 탔고, 복대를 한 채로 세브란스로 갔어."

"어떻게 비행기를 탔어요? 기압 때문에 위험했을 텐데."

"그러니까 내가 말하잖아. 하나님이 살려 준 거라고."

"그게 언제?"

"십삼 년이나 됐어. 난 아직도 건강한 간을 가지고 잘 살고 있잖아."

"그럼 이제 병원은 가시지 않나요?"

"정기적으로 병원에는 가지. 하지만 그때 꿈에서 본 남자의 간을 이식 받았으니까, 난 앞으로 삼십 년은 건강할 것 같은데."

"그러게요."

"난 죽는 것도 사는 것도 다 신의 영역이라 믿고 있어. 그러나 열심히 사는 것은 인간이 해야 할 도리인 거지."

"확실한 믿음도 인간이 생각하는 것 아닌가요?"

"믿음도 마음대로 생겨나는 게 아니야. 믿고 싶다고 믿어진다면 아무나 다 믿음생활을 할 텐데 그렇지 않잖아?"

"네."

"죽음에 당면했을 때 자신이 가장 낮아지는 것을 알 수 있어. 아무것도 할 수 없는 순간이 오니까."

"그렇죠."

"돈이든 명예든, 그 무엇도 나를 대신할 수 있는 것은 없잖아?"

"글쎄요. 너무 어려워요."

내가 믿는 하나님과 남이 믿는 하나님의 거리는 너무나 멀리 떨어져 있는 듯하다. 우리의 믿음은 어느 곳에서 하나 될 수 있을까? 나는 아직도 잘 모르겠다.

귀뚜라미와 바퀴벌레

오래된 낡은 아파트에서는 어느 집에서나 바퀴벌레를 자주 볼 수 있다. 아무리 우리 집에서 청결함을 유지해도 다른 집에서 배수관이나 틈새를 파고 들어오는 바퀴벌레를 막을 수는 없기 때문이다. 그렇다고 아파트 전체를 일제히 소독하는 일도 각 가정의 사정이 다르니 쉬운 일이 아니다. 게다가 바퀴벌레 한 마리만 있어도 하루면 수백 마리로 늘어난다고 하니, 아무튼 완전 박멸은 불가능에 가깝다고 볼 수 있다. 덕분에 바퀴벌레는 도시인들이 가장 자주 보는 벌레가 되었다. 요즘 사람들은 무슨 벌레든 모두 징그럽고 지저분한 것으로 여겨 철저하게 박멸해버리기에, 도시에 사는 우리가 주변에서 볼 수 있는 것은 바퀴벌레를 빼면 거의 없다.

사람들은 벌레 하면 대게 해로운 것으로 생각하지만 귀뚜라미의 경우는 다르다고 한다. 인간에게 해를 끼치거나 나쁜 영향을 주지 않고, 환경적인 면에서도 깨끗한 곳에 서식하며, 그 울음소리는 우울증을 앓거나 정신적인 불안감을 느끼는 현대인에게 심리적 안정을 가져다준다는 연구 결과도 있다.

"엄마, 여긴 이상한 벌레 천지야."

"바퀴벌레는 보이지 않고 오히려 이름도 모르는 벌레가 엄청 많아."

아이들은 야트막한 야산이 자리 잡고 있는 허름한 3층 건물의 집으로 이사를 오면서, 바퀴벌레나 파리, 모기만 보고 살던 아파트와는 달리 난생처음으로 다양한 벌레들을 보게 되었다. 아이들은 그럴 때마다 온 집안이 떠나갈 만큼 비명을 질러댔다.

"악, 엄마, 아빠 여기."

"여기, 아니 저리로 기어간다."

"악!!"

"이건 또 무슨 벌레야?"

"엄마도 몰라. 아빠한테 물어봐."

"아빠도 잘 몰라."

"벌레가 다 비슷하게 생겨서 잘 모르겠어."

"파리, 모기 말고는 죄다 엄청 무서워."

"다리가 무지 많은 것도 있고, 거미도 있고, 귀뚜라미도 있고, 집게벌레도 있고, 아무튼 너무 벌레가 많아."

"엄마도 이렇게 벌레 많은 집에서는 처음 살아본다."

"엄마, 무서워. 징그럽고 싫어."

"그래도 귀뚜라미는 이로운 곤충이야. 괜찮아."

"아니, 다 싫어. 귀뚜라미는 더 무서워. 펄쩍펄쩍 뛰잖아."

"아냐, 괜찮은 벌레도 있어."

"빨리 다시 이사 가자. 응, 엄마."

딸아이와 아들의 질겁하는 목소리를 들으며 하루에도 몇 번씩 미안한 마음에 죄책감이 들곤 했다. 경제적 부담을 감내하면서까지 갑작스럽게 이사를 해 이곳에 정착한 지 일주일 만에, 우리 가족은 대한민국에 살고 있는 거의 대부분의 벌레를 보게 된 것이다. 시골에서 태어난 남편은 어느 정도 벌레

에 대한 지식도 있고 두려움도 없어서 벌레가 출현할 때마다 잡기 바빴고, 우리 셋은 도망다니기 바빴다. 아무리 강한 엄마라지만 벌레 앞에서는 자식보다 내가 먼저 도망가고 만다. 그런 나를 보고 남편은 엄마가 돼서 애들만도 못하다고 면박을 주었지만 어찌하랴 벌레가 무서운 걸. 벌레는 내가 무섭겠지만 말이다.

한 달이 지나면서 어느 정도 적응이 된 아이들은 벌레가 나타나면 얼른 벌레 퇴치 스프레이를 집어 들어 뿌려댔다. 벌레를 조준하고 뿌리다가 그도 여의치 않을 때는 그냥 아무거나 손에 잡히는 것으로 벌레를 잡기도 했다. 둘이서 소리를 지르며 도망가던 모습이 얼마 전 일인데, 이제는 제법 의연하게 벌레를 잡는 것을 보고는 괜스레 코끝이 시려왔다. 미안했다. 한창 예민한 시기의 아이들을 이런 힘든 환경 속에 몰아넣고…… 어떻게 말로 사죄할 수 있겠는가?

"엄마, 괜찮아. 다른 사람들도 사는데 뭘."

"엄마, 난 괜찮지 않아. 힘들어."

큰애는 힘들어도 괜찮다고 말하고, 작은애는 힘들다고 솔직히 말하는 모습에 가슴이 아팠다. 빨리 좋은 환경을 만들어 주어야 한다는 생각이 나를 더 몰아세웠다.

"사장님, 요즘은 집값이 어때요?"

"요즘은 주춤하긴 한데 워낙 많이 올라서."

"네."

힘없이 돌아서는 내게 잠시만 기다리라고 말한 부동산 사장님은 내가 한 번도 써보지 못한 화장품 세트를 불쑥 내밀면서 넌지시 말을 건넸다.

"저기 이 화장품 한번 써봐. 쓰고 나서 이상 있으면 가져와."

"아니, 난 피부가 별로 좋지 않아서 트러블이 많이 일어나는데."

"알아. 예민한 피부에도 잘 맞는다고 하니까 한번 써봐."

"다시 갖고 올지도 몰라요."

"가져와도 괜찮아. 써보기나 해."

"알았어요."

그날 밤부터 내가 쓰던 화장품을 잠시 멈춘 후, 부동산 사장님이 건네준 화장품을 사용하기로 맘먹었다. 평상시 내 피부가 무척 예민한 것을 알고 있었던 사장님이 어렵히 알고서 내게 권유했을까 하는 믿음이 있었기에 바로 얼굴에 발라 보았다. 향도 그리 강하지 않아 처음에는 그저 순한 화장품이라 생각하고 이틀을 발랐다. 그런데도 피부에 아무런 트러블이 생기지 않기에 신기해서 그 부동산 사장님을 찾아갔다. 보통의 화장품은 맞지 않을 경우 두서너 번만 발라 봐도 피부 트러블이 일어나는데, 이 제품은 아무런 변화가 일어나지 않았다. 아니 기존의 값비싼 제품보다 내 얼굴에 더 잘 맞아서 신기했다. 젊어서 화장품 때문에 피부과 치료를 받았던 경험이 있던 터라 아무 제품이나 사용하지 않았고, 선물로 들어온 화장품이나 제아무리 좋다고 선전하는 화장품도 검증되지 않은 경우에는 도로 돌려주거나 손과 발에만 바르는 경우가 많았다. 그런데 이 화장품은 다른 화장품에 비해 내 피부에 잘 맞으니, 참으로 신기했다.

"사장님, 이 화장품 써봤어."

"어때?"

"응, 괜찮던데, 어디거야?"

"AT화장품이라고 들어봤어?"

"아니, 난 쓰는 제품만 써서 다른 종류의 화장품은 잘 몰라."

"질은 어때? 뭐 나지 않았지?"

"응, 질이 좋던데. 얼마나 비싼데?"

"얼마면 쓸 것 같아?"

"글쎄. 쌀수록 좋은 것 아냐?"

"무척 싸. 다른 화장품보다 엄청나게 싸."

"우리가 흔히 쓰는 태○양 제품보다 많이 싸?"

"그럼, 화장품 여섯 개 세트에 76,500원이야. 어때?"

"뭐라고, 설마?"

"진짜야. 회원가입 가격이 76,500원이야. 화장품 질도 좋고 값도 싸니까 써봐."

"그래? 그런데 회원으로 가입해야 한다며."

"회원가입비 같은 거 없어. 회원 유지비도 일 년에 칫솔 한 개만 사면 되고."

"그런 화장품이 어딨어?"

"여기 있지."

"이상한 것 아냐?"

"아니야. 이상하면 내가 먼저 써보라고 줬겠어."

"하긴 사장님이 내게 이상한 걸 권유할 리가 없지."

보통 시중에 나오는 기존의 화장품은 스킨이나 로션 하나에도 몇만 원씩 하는데, AT사의 화장품은 회원가입을 할 경우 76,500원에 여성들이 쓰는 기초 화장품 여섯 개를 살 수가 있다고 하니 좀처럼 믿어지지가 않았다. 물론 싼 게 비지떡이라는 말도 있지만, 벌써 사용을 해본 터라 제품의 질은 믿을 수 있었다. 다만 가격이 너무 비싸면 부담이 되니 조심스러웠을 뿐이었다.

내가 그렇게 화장품에 매료되어 알아본 결과, AT사는 믿을 수 있는 제품과 값싼 가격으로 고물가 시대에 가계 살림에 보탬을 줄 수 있는 다른 여러 가지 생활필수품들과 건강 제품들을 판매한다는 것을 알게 되었다. 더욱이 그런 좋은 제품을 사용하면서 포인트를 쌓아 수당으로 돌려받는 시스템이 있다는 것도 알았다. 집에서 얼굴에 바르고, 먹고, 양치질하고, 세탁기 돌리고, 휴지를 사용하면서, 내가 사용한 만큼의 금액에 대한 해당 포인트를 받아서 다시 수당으로 받는 것이다. 힘들게 무엇을 팔거나 사지 않아도 되는 점이 무척 마음에 들어서 나는 이 화장품을 사용하기로 마음먹었다.

"엄마, 이거 내가 발라도 되는 거야?"

"응, 발라. 트러블이 생기지 않는 걸 보니까 써도 돼."

"알았어. 내가 열심히 바르기만 해도 괜찮다는 거지?"

"응, 바르고 비타민 먹고 그래. 알았지?"

"알았어."

그 후부터 나는 AT화장품만 열심히 사용하고 있다.

온 가족이 AT사의 제품을 사용하면서 포인트가 쌓이자, 내 통장으로 7만 원 상당의 돈이 들어왔다. 어떤 회사도 자기네 화장품을 많이 사용했다고 돈을 준 적이 없었는데 이 회사는 달랐다. 게다가 기본적인 약속을 지키는 회사라 더욱 기분이 좋았다. 많이 바를수록 예뻐지고 돈도 더 벌게 되니 일석이조가 아닌가 싶다. 화려한 화장품 모델이 없어도 내가 직접 모델이 되어 주변 사람에게 자신 있게 권유할 수 있어서 더욱 마음에 들었다. 더구나 값도 싸고 품질도 훌륭하지 않은가?

"자기야. 무슨 화장품 바르냐?"

"난, 후후."

"그래 그것 비싸지?"

"화장품이 다 그렇지 뭐."

"아닌 것도 있어. 나도 발라봤는데 괜찮아."

"그래? 네가 괜찮다면 대한민국 거의 모든 사람이 발라도 되는 거네."

"그지. 내가 피부가 예민하잖아."

"뭔데 그래? 설명해봐."

"난 설명 잘못하는 것 알잖아. 그냥 써보고 나서 말해."

"친구라고 강매하는 거냐?"

"아니 바르고 나면 나한테 고맙다고 할 걸."

"싸니까 한번 발라 보지."

"싸기만 한 게 아니라니까. 질이 좋아서 다시 찾게 될 걸?"

"그래?"

"난 파운데이션도 이 제품으로 다 바꿨어. 믿고 써보세요. 아줌마."

"알았어. 아줌마가 싸고 좋다면야 마다할 필요가 없으니까."

"살림에도 도움이 되니까 써."

"응."

며칠이 지난 후 친구가 연락을 해왔다.

"그 화장품 회사에서 나오는 제품이 뭐가 있어? 남자 것도 있어?"

"응. 있어. 화장품 좋지?"

"남자 화장품 두 세트 주문할 게. 괜찮은 것 같아."

"거 봐. 싸고 질이 좋다니까. 요즘은 정보화시대라 알아야 한다니까."

"그런 것 같다. 염색약도 있으면 열 개 주고."

"그래."

친구의 긍정적인 반응에, 나만 싸고 좋다고 느끼는 게 아니구나 싶어서 다행이라는 생각이 들었다. 물론 무지 돈이 많은 부자들이야 화장품이 아무리 비싸도 연연해하지 않겠지만, 서민들이야 어디 그런가. 특히나 살림하는 주부들이 무조

건 비싼 화장품을 바른다는 것은 어쩌면 낭비요 사치라고도 할 수 있다. 그래서 저렴한 화장품 브랜드가 많이 생겨나기도 했고, 시중에서 파는 값비싼 화장품도 실제 원료비는 얼마 되지 않고, 오히려 부수적인 광고비나 운영비, 회사의 이익 때문에 가격이 비싼 것일 뿐이라는 뉴스도 종종 접할 수 있다. 그런 것에 비하면 AT화장품은 너무나 착한 가격에 착한 제품이었다. 나는 화장품만이 아니라 이 회사의 모든 제품을 하나씩 직접 써본 후에 이웃들에게도 권하고 있다.

"영혼을 소중히 여기며 생각을 경영한다. 믿음에 굳게 서며 겸손히 섬긴다."라는 AT화장품의 기업 경영정신도, 더불어 사는 따뜻한 사회를 실현하는 삭은 밑거름이 될 것이라 믿는다.

오늘도 나는 열심히 화장품을 바른다. "노력하며 살다 보면 바퀴벌레와 귀뚜라미가 없는 곳으로 다시 이사 갈 수 있겠지."라는 희망을 가득 안고서.

인생의 태클

우리는 누구나 아름답고 빛나던 청춘의 추억을 간직하고 있으며, 또한 누구나 일상의 삶 속에서 수많은 만남과 이별을 맞이하며 살아간다. 그러나 그 수많은 추억과 만남 중에서도 '첫'이라는 단어가 붙는 것들은 특별한 가치와 의미가 부여된다. 첫 걸음마, 첫 입학, 첫사랑, 첫 학부모 되던 날 등등……. 우리는 이런 것들을 특별히 공유하고 기억하며 추억한다. 나또한 그렇게 특별한 것들 중에서도 손에 꼽을 만한 것이 있다면, 그건 아마 남편과의 첫 만남일 것이다. 우리의 만남은 우연이 인연이 되고 인연이 필연이 되는 그런 만남이었다.

"저희 엄마가 뭔가 오해하셨나 보네요."

"아, 그러세요."

"네, 저는 결혼 생각이 없네요."

"그러면 뭐 커피나 한잔 하고 가죠."

"죄송해요."

"무슨 그런."

"아무튼 좋은 여자 만나세요."

"네, 그쪽도 좋은 남자 만나세요. 그런데 저보다 생일이 빨라요?"

"네, 제가 더 늙었네요."

"어휴, 훨씬 어려 보이십니다."

"아뇨, 빈말이라도 듣기는 좋네요."

"빈말 아닙니다."

"아, 네."

"그런데 진짜 사귀는 남자도 없으면서 그 나이 되도록 뭐 하셨습니까?"

"글쎄요. 그러는 그쪽은 무슨 선만 그렇게 많이 보셨나요?"

"어떻게 아셨어요?"

"엄마가 그러는데 선만 백 번도 넘게 봤다던데요? 눈이 높은 거 아니에요? 뭘 그렇게 고르시나요?"

"눈이 높은 게 아니고 두 번 이상 만나면 재미가 없더라고요."

"여자를 재미로 만나요? 그럼 상대방도 재미로 생각하게 되지 않나요?"

"그렇지 않습니다. 반은 여자한테 차였고 반은 제가 찼으니까 비긴 셈이죠."

"전 오늘 선은 처음이니까 그쪽이 만난 여자에 포함시키지 마세요."

"저도 오늘 처음으로 동갑내기를 만나는 겁니다. 나이가 많아 동갑을 만난 적이 없었는데 그쪽 어머니가 여자를 소개시켜준다고 나가보라 길래 제가 평소 잘 아는 분의 말씀이기도 해서 이 자리에 나온 겁니다."

"그러니까요. 우리 엄마가 오지랖이 넓으시네요."

"우리 이제 그런 얘기 그만하고 딴 얘기 합시다."

"네."

엄마는 평소 알고 지내던 이웃을 통해 남편을 유심히 관찰

한 후, 본인 마음에 흡족하셨는지 혼기가 지나도 한참 지난 딸을 직접 소개시켜주는 어처구니없는 일을 벌이신 것이다. 남편도 소개해주는 분이 바로 미래의 장모님이 될 줄은 꿈에도 몰랐을 것이다.

"엄마는 제게 딱 한 번만 이 자리에 나가라고 사정했고, 전 두 번 다시는 이런 자리에 나오지 않으려고 오늘 나온 거예요."

"아, 저는 다시는 선보고 싶지 않아서 오늘 나온 겁니다. 마지막이라고 생각하고 나왔으니까요."

"장가가시려면 더 열심히 여자를 고르셔야 하지 않나요?"

"아뇨, 갈수록 고를 수 있는 폭이 좁아져서 이제는 더 이상 고를 수가 없어요. 다만 노모가 하도 조르니까 마지막으로 나왔는데, 신기하네요."

"서로 처음과 마지막으로 나왔는데, 똑같이 두 번 다시는 하지 않겠다고 생각했다니 우습네요."

한쪽은 너무나 많이 만나봐서 그만 만나려고 나오고, 다른 한쪽은 그만 만나려고 처음으로 나와서 서로에게 호감을 갖게 된 것이다.

"우리 서로 만나는 상대가 없으니까 그냥 편한 친구처럼 둘이 가끔 만나 차라도 마시죠."

"그건 사귀는 것 아닌가요? 저는 결혼 생각 없으니까 만나도 소용없을 텐데요?"

"결혼 말고 그냥 만나서 놀죠."

"애들인가요. 놀게."

"시집 장가 안 갔으니 애들입니다. 그냥 편하게 만나죠."

"생각 좀 해보고요."

그 후 그 남자는 하루에 열 번도 넘게 전화를 걸었고, 내가 강의 중일 때는 메시지를 남기며 적극적으로 마음을 표현해왔다. 그러던 어느 날, 우리는 용인에 있는 에버랜드로 놀러 가기로 위해 차를 타고 가던 중이었다.

"어, 저 반대편 버스 좀 봐요."

"어, 어."

"어머나."

"윽, 어이쿠."

달리던 우리 차 본넷 위로 중앙분리대 콘크리트 더미가 날아들었고, 고속도로 위에서는 대참사가 일어났다. 관광버스와 봉고차, 트럭 등 다섯 대의 차량이 반대편 차로에 나뒹굴었고, 버스에 부딪혀 깨진 콘크리트 덩어리는 우리 쪽 차로로 튕겨 나와 일차선 이차선 할 것 없이 길을 엉망으로 만들어 버렸던 것이다. 그 때문에 우리 쪽 차선에는 차량 세 대가 그 자리에서 멈춰 섰다.

"다치신 분은 우선 병원으로 이동하시고, 워낙 많은 숫자가 다쳐서 혼잡하니까 수사에 협조바랍니다. 어떻게 사건 현장을 목격하셨나요?"

"네, 관광버스가 처음에 중앙분리대를 치고 반쯤 뒤집혀서 앞의 봉고와 트럭 등을 차례로 밀고 나갔어요."

"두 분은 괜찮나요?"

"네 저는 괜찮은데, 좀 어떠세요?"

"네. 저도 괜찮아요."

결혼식장 하객을 태운 관광버스로 인해 많은 부상자가 있었으나, 우리 둘은 머리카락 한 올 다치지 않았다. 타고 가던 차량은 폐차를 시킬 지경이었는데 말이다. 조사하던 경찰관이 사고 난 차량에 타고 있던 사람들 중 멀쩡한 사람은 우리 둘뿐이라면서, 나중에라도 아프면 병원으로 가라고 했지만 우리는 그냥 집으로 돌아가겠다고 말했다. 그렇게 해서 결국 우리는 놀이동산 구경은커녕 근처에도 가보지 못한 채 집으로 되돌아 왔다.

"놀라지 않으셨습니까?"

"놀랐어요."

"놀란 가슴 진정시키고 들어가십시오."

"네 , 따뜻한 차 한잔 마시고 가요."

"네, 사고가 크게 났는데 다행입니다. 하나도 다치지 않았으니까요."

"그러게요. 정말 많은 차량이 부서졌는데."

"제 차는 완전히 부서졌어요."

"경찰도 놀라잖아요. 우리가 하나도 안 다쳤다고."

"네. 조서 꾸밀 때도 몇 번이나 괜찮냐고 묻더라고요. 정말 다행입니다."

"어휴, 그럼요. 정말 큰일날 뻔 했어요."

"한쪽이라도 잘못됐으면 어쩔 뻔 했을지."

"네."

우리는 그저 겉으로 멀쩡하기에 괜찮다고 생각했다. 그러나 나는 그 후 한 달간 관광버스가 날 덮치는 악몽에 시달렸고, 남편은 차를 폐차시킨 후 잠시 동안 운전을 할 수 없었다. 그런 일이 있고나서 양가에서는 서로 다행이라고 말하면서, 두 사람 모두 무사한 것도 인연이니 반드시 결혼해야 한다고 몰아붙였다. 그 와중에 우리 둘은 급속도로 가까워졌고, 마침내는 결혼에 이르게 된 것이다.

결혼 후에도 경미한 교통사고가 두세 번 있었지만, 흔한 사고기도 하고 대수롭지 않은 일이라 신경 쓰지 않고 넘어갈 수

208

있었다. 하지만 그렇지 못한 경우도 겪어야 했다.

시간이 지나 아이들이 태어나면서 함께 여행을 가게 되는 경우가 종종 있었는데, 하루는 그렇게 식구 모두가 여행을 가던 중 남편의 큰어머니께서 돌아가셨다는 연락을 받았다.

"아니 오늘이 크리스마스이브인데 장례식에 가야 해?"

"그럼, 돌아가신 분이 날 잡아서 가시는 것도 아니고, 할 수 없지."

"대구까지 언제 가."

"차 막히니까 일찍 내려갔다 올라와야지."

"애들은?"

"같이 가야지. 큰할머니가 돌아가셨는데."

"알았어. 준비할게."

"그래. 회사에서 일찍 갈 테니까 기다리고 있어."

"응."

친척이 많은 남편은 이런 집안일에 적극적이지만, 7대독자 남동생과 여동생이 전부인 나로서는 감당하기 힘들 때가 더러 있었다.

"안녕하세요?"

"아이고, 멀리서도 왔네. 고맙다."

"아닙니다."

"와준 것도 고마운데 애들까지 다 데려오고, 미안하다."

"아니에요."

"밥이라도 먹고 가거라."

"네, 고맙습니다."

기독교식으로 치러진 장례는 조용하고 차분했다. 또한 고인이 되신 분의 연세가 91세로 호상이어서 그런지 다들 편안한 마음으로 장례를 치렀다. 우리는 모두 화기애애한 분위기 속에서 오랫동안 만나지 못해 쌓였던 이야기보따리를 풀어내고 있었다.

"자기야, 애들이 힘든가봐."

"어, 그래, 가자."

"인사하고 가야지?"

"아니, 많은 분들이 와계시니까 슬며시 나가자."

"큰형님께만 인사드리고 가요."

"그러자."

정신없이 분주한 가운데 우리는 다시 집으로 향했다. 서둘러 가면 그날 안에 집으로 되돌아갈 수 있었고, 크리스마스이브에 아이들이 장례식장에 있는 것보다는 집에서 편하게 지내게 하고 싶은 마음도 있었다. 한 시간쯤 달렸을까? 갑자기 오른쪽 갓길에서 경차가 튀어나오면서 우리 차에 부딪히고 말았다.

"악!"

"저거, 뭐야."

"엄마 왜 그래."

"저 차 저거."

남편은 잽싸게 핸들을 부여잡고 우리 차가 추월선으로 튕겨나가지 않게 방향을 틀었다. 자고 있던 아이들은 부딪히는 소리와 비명소리에 깨어났고, 차를 세운 남편은 가해자의 차량에 뛰어가 운전자를 붙들었다. 상대방 차에서는 슬리퍼 차림의 젊은이가 나왔고, 이내 휴대폰을 들고 뛰쳐나간 나는 차량번호판과 차량 사진을 찍었다. 그 사이에 112에 먼저 신고한 남편은 상대방 운전자에게 음주 여부를 묻고 있었다. 젊은이의 얼굴이 불그스레하게 보였기 때문이다.

"음주면 큰일인데, 음주 아니죠?"

"네, 죄송합니다."

"음주면 가만 안 둔다."

남편의 과격한 발언에 흠칫 놀란 청년은 내게 절대로 음주운전은 아니라고 말하면서 미안해 했다.

"보험회사죠? 사고났어요. 담당자 보내주세요."

"아니 경찰은 왜 안 와? 신고한 지 40분이나 지났는데."

"그러게. 조금 더 기다리자."

"상대방 가해자도 같은 보험회사라는데."

"그러면 보험회사가 알아서 처리하겠지?"

"그러겠지."

경찰이 와서 사고경위를 물었다.

"두 분 다 면허증 주세요."

"음주측정 하겠습니다. 훅 하고 부세요."

남편은 술을 한 모금도 못 마시는 사람이어서 음주측정에 걸릴 일을 걱정해 본 적은 없었다.

"두 분 다 음주운전은 아니십니다."

"갓길에서 갑자기 들어오셨다는데 자초지종을 설명해 보십시오."

"주행선을 달리고 있는데 갑자기 우측에서 튀어나오면서 부딪혔어요."

"어디 다친 데는 없나요?"

"목이 삐끗했어요."

"난 핸들 붙잡고 하느라 손목이 아파요."

"그럼, 일단 두 분이서 합의를 하셔야 하니까 그렇게 하시고, 내일이라도 아프면 병원 가십시오."

경찰은 자기 할 도리를 다했다며 유유히 사라졌고, 가해자인 젊은 청년은 처음에는 아니라고 하다가 나중에는 보험회사의 질문에 자기 잘못을 순순히 시인했다. 조서를 꾸미고 나니 날이 바뀌어 크리스마스가 되었다. 밤늦은 시간에, 그것도 고속도로 한 복판에서 우리는 온 가족이 벌벌 떨면서 크리스마스를 맞이해야 했다. 애들과 함께 서둘러 바람이라도 막아줄 여관에 들어가 짐을 정리하고 있을 때였다.

"엄마, 휴대폰에서 문자 왔다고 신호가 와."

"그래? 이 밤중에 뭐지."

"한번 봐봐."

"알았어, 넌 빨리 잘 준비하고 있어."

"응."

"이도 닦고 세수도 해."

"네."

휴대폰에는 사과편지가 도착해 있었다. 가해자가 보낸 것이다.

"놀라게 해드려서 죄송하고 다음부터는 안전운전을 하겠습니다. 귀중한 시간 빼앗아서 정말 죄송합니다. 병원도 조심히 다녀오시고, 다시 한 번 사과드립니다."

사고를 내고도 뻔뻔한 가해자가 있는가 하면, 이렇게 자기가 잘못했다고 피해자에게 진심 어린 사과의 편지를 쓰는 젊은이도 있었다.

다음날 여관에서 깬 우리는 보험회사로부터 병원에 가라는 연락을 받았다. 집으로 돌아와 아이들에게 아픈 곳이 없는지를 물어봤다. 아이들은 아프지 않다며 크리스마스를 망친 남자가 밉다고 말했다.

성탄절 날 우리 부부는 모두 병원에 입원했고 아이들은 자기들끼리 쓸쓸한 하루를 보내야만 했다.

"뼈가 놀라서 주변이 부었고, 근육이 경직돼서 아프시겠네요. 다행히 뼈가 부러지지는 않았어요."

"네."

"입원해서 경과를 보십시다. 두 분 모두 지켜봐야겠네요."

"병실로 올라가세요."

우리 둘은 그렇게 성탄절 저녁에 링거를 꽂고 병원신세를 지게 되었다.

세상을 살다보면 원하든 원하지 않든 사건이나 사고가 생기기 마련이지만, 남들이 다 노는 명절이나 연휴에 병원에서 깁스를 하거나 링거를 꽂고 금식을 하면서 지내는 환자가 되는 것은 정말 금덩어리를 준다 해도 사양할 일이다.

　연애시절 교통사고만 나지 않았어도 결혼하지 않았을 것이라고 남편은 가끔 내게 불평을 털어놓는다. 그러면 나는 그냥 웃는다.

　"누가 할 소리, 나야말로 ……."

　"뭘 몰라도 한참 모르시네."

　그러나 우리는 오늘도 서로 성격이 맞지 않는다고, 문화차이가 너무 난다고, 좋아하는 게 달라도 아주 많이 다르다고 툴툴거리면서도 여전히 서로의 곁을 지키고 있다. 아무때고 일어나는 교통사고가 내 인생에 태클을 걸었는지는 모르겠지만, 토끼 같은 새끼들이 내 곁에 있는 한, 투덜이 남편이 나를 사랑해 주는 한, 그까짓 교통사고가 대수이겠느냐 말이다.

"교통사고 때문에 마누라 잡은 줄 알고 마누라한테 잘 합시다."

"안전운전해서 사고 없는 도로를 만들어 봅시다."

열세 번째 이야기

사람, 사람들

우리 주변에는 다양한 인간 군상들이 있다. 불과 몇 마디에 속을 터놓을 수 있는 사람이 있는가 하면, 몇 년이 걸려도 그렇지 못한 사람들도 허다하다.

서울이 고향인 나는 어려서부터 낯가림이 심해 아무나 잘 사귀지 못했다. 또 쉽게 마음을 터놓지도 못하는 편이라, 무슨 문제가 발생했을 때 도움의 손길을 요청할 친구가 없어난처한 경우도 많았다. 하지만 그런 나에게도 친한 친구들이 몇 명 있다. 너무나도 다른 삶을 살고 있는 그들은, 때로는 나에게 길잡이가 되어주고 때로는 절실한 위로가 되어주기도 한다.

학부모와 선생님 사이로 만나 오랜 시간 알고 지내오던 동생이 희귀병인 '모야모야병'에 걸려 투병 중이라는 연락이 와서 세브란스병원을 찾았다. 어린 시절에 발병해 대부분 사망에 이르는 병이라 알려진 모야모야병을 사십대의 나이가 되어 앓게 되었다는 사실도 놀라웠지만, 한쪽은 뇌출혈로 다른 한쪽은 뇌경색으로 수술을 하게 되었다는 소식에 더욱 놀라 달려간 것이다. 병원은 어디나 마찬가지로 아픈 사람으로 넘쳐났고 특유의 소독약 냄새가 진하게 풍겼다.

거의 십 개월간의 병원신세를 지고 나온 동생은 언어연습부터 다시 해야 하는 어려운 시기를 거친 후 비로소 일상생활을 할 수 있었다. 말을 할 때마다 약간 씩 더듬거리기는 했지만, 그런대로 큰 문제 없이 모든 활동을 해나갔다. 그런데 놀라운 것은, 몸으로 익힌 것이어서 그런지 입원하기 전이나 뇌수술을 하고 난 후나 운전 솜씨는 별반 달라지지 않았다는 사실이다. 남자 못지않은 운전 실력으로 항상 운전대 잡기를 좋아하던 그녀는 내가 조금 먼 곳을 간다고 하면 항상 같이 동행

해주었고, 누가 누구를 돌봐줘야 하는지 분간이 가지 않을 정도로 힘든 시기의 나를 정신 차릴 수 있게 해주었다.

그녀 앞에서는 누구도 감히 삶이 고단하고 힘들어 죽고 싶다는 말을 할 수 없었다. 삶과 죽음 사이를 순간순간 넘나드는 뇌수술을 견디고 일상으로 돌아오기까지 무지막지한 고통의 나날을 겪어야 했던 그녀이기 때문이다. 나는 감히 내게 주어진 생명의 시간을 함부로 다룰 수 없음을 그녀를 통해서 깨달았다.

그 미세한 모세혈관이 뇌 속에서 생겼다 터졌다 하는 모야모야병으로 시한부 인생을 선고 받고도 당차고 힘차게 살고 있는 그녀가 나보다 훨씬 언니 같아 보인다. 많이 알려진 질병은 사람들에게 위로라도 받지만, 겉으로는 전혀 티가 안 나는 그런 병은 상대가 알아채지도 못해 동정을 받지도 못한다. 가끔씩 그녀는 식구들이 자기가 환자임을 잊은 것처럼 대한다며 불평을 털어놓는다. 여전히 아픈 그녀는 매일같이 신경외과 약으로 연명하면서도 웃고 지낸다. 마치 삼국지에 나오는 장비와도 같은 배포를 지녔다.

"우리 집에 오지 않을래요?"

"왜?"

"그냥."

"아니, 귀찮아."

"와봐요. 오면 알아요."

"싫다니까."

"나 그러면 삐질 거예요."

"삐져. 안 가."

"커피 마시고 같이 놀아요."

"놀기 싫어."

"아, 심심하니까 와요."

혼자 있는 걸 싫어하는 그녀는 겨우 틈을 내어 집에서 잠깐 쉬고 있는 나를 불러내면서 아기처럼 보챈다. 다른 사람들이 보면 그녀가 억지를 부리는 것 같겠지만, 그녀는 불치의 병을 안고 살아가고 있기에 혼자일 때 쓰러질까봐 불안해 하는 것이다. 더욱이 벌써 두 번이나 쓰러졌으니 옆에 누구라도 있어주기를 바라는 것이 당연하지 않겠는가? 하지만 어쩌랴. 아무리 곁에 사람이 있어도 결국엔 혼자 감당해야 할 몫인 것을. 안쓰럽고 안쓰러울 뿐이다.

아이들 둘이 우리 애들과 같은 학년 같은 반이었던 인연으로 알게 된 또 다른 동생은 깍쟁이 같은 얼굴에 안경을 끼고 비썩 마른 몸매를 지녔다. 하지만 그녀는 겉보기와 달리 시골

촌구석, 그것도 동네가 여섯 가구밖에 안되는 그런 깡촌 섬마을에서 올라온 아줌마로, 털털한 성격에 아량도 넓다. 남편이 돈을 잘 버는데도 고등학교 야구 선수인 아들의 뒷바라지를 위해 건강보험 콜센터에서 일을 한다. 하루에도 열두 번씩 생면부지의 상대로부터 이유 없는 욕설을 들어가면서 상담하는 일이 쉽지 않을 텐데도 무던히 잘 다니는 것을 보면 성격이 참 좋은 것이다. 동생은 다른 사람의 사소한 부탁도 정성스럽게 챙겨주고 상대방을 배려하는 마음이 깊은데, 키 크고 잘생긴 동생의 남편은 오히려 성격이 까칠한 편이다. 그렇게 여자와 남자가 살짝 바뀐 듯한 정반대의 성격인데, 늘 티격태격하면서도 열심히 사는 동생부부는 서로에게 든든한 버팀목이 되어주고 있다.

"희정아, 다짜고짜 욕부터하는 전화는 어떻게 상대하냐?"

"나보고 하는 얘기라 생각하고 들으면 한 통도 받지 못해요."

"그럼?"

"건강보험 공단이 그런 거고 보험수가 때문이라고 설명하는 데도 소리 지르는 인간이 간혹 있어요."

"그때는 어떡해?"

"그런 인간은 속으로 우리 남편이랑 닮았구나 생각해요."

"뭐?"

"다혈질인 남편한테 충분히 단련이 돼서 이제는 그냥 그러려니 해요."

"그래도 잘도 견딘다."

"할 수 없죠. 아들 뒷바라지 해야죠."

동생은 그렇게 자식을 위하는 부모의 마음으로 그 힘든 콜센터 상담일을 버텨내고 있는 것이다.

살다보면 즐겁고 유쾌한 일들도 아주 많다. 다만 힘들고 어려운 일들이 더욱 뇌리에 남기에 삶이 어두운 색으로 비칠 뿐이다.

　우리 아파트 앞의 부동산 사장님은 언뜻 보기엔 거칠고 괄괄한 성격의 억센 아줌마 같지만, 속으로는 소녀 같은 감성을 지닌 무척이나 사랑이 넘치는 사람이다. 부동산 중개를 할 때는 양쪽의 이해를 중간적인 입장에서 조정할 수밖에 없지만, 사장님은 되도록이면 더 많이 가진 사람에게 양보를 권하려 애를 쓰신다. 비록 사소하고 작게 보일 수 있어도 그런 것이야말로 세상을 조화롭게 만드는 진정한 휴머니즘의 실천일 것이다. 나는 사장님의 그런 모습을 볼 때마다 마음 한구석이 따뜻해진다.

　어느 날은 요크셔테리어 강아지 한 마리가 부동산 사무실에 있기에 누구네 강아지냐고 물어보았다. 그러자 사장님은 나를 보고 웃으시며 말했다.

　"내 막내딸이야."

　"네?"

　"남편은 저 세상으로 갔고, 딸 둘은 시집갔고, 얘만 내 곁에 남아 있어."

　"나이가 들은 것 같아요."

"애도 할머니뻘이지."

"아, 어디 아픈가요? 다리를 자꾸 빨고 있는데요."

"동물병원에 갔다 왔어. 발톱 사이에 염증이 생겨서 약 바르고 주사 맞고 왔지."

"그렇구나. 힘드실 텐데."

"한 마리 더 있었는데 얼마 전에 죽어서 속상해."

동물을 사랑하는 사람들은 악한 사람이 없다고 했는데, 속정이 참으로 깊은 사람이었다. 선입견을 갖고 사람을 판단해서는 절대 안 될 일이다.

어느 날 늦은 오후, 따가운 햇살에 눈을 찌푸리고 있을 때, 열 받은 남편의 목소리가 전화기 속에서 쩌렁쩌렁 울렸다.

"마누라, 큰일 났어."

"왜 또?"

"나 사고 쳤어."

"무슨 사고? 허구한 날 사고 쳤대."

"진짜야."

"어떤 사고."

"실수로 외제차를 건드렸어. 수리비만 장난 아니게 나온다는데 어쩌냐."

"내가 미쳐."

"다시 전화할게."

"전화하지 마."

"견적이 얼마나 나오는지 알아보고."

"얼마 나오면."

타고 다니는 차보다 더 많은 수리비가 나온 외제차의 보상을 어찌한단 말인가. 그것도 바로 배상을 해야만 하는 상황이라는데……. 걱정이 태산처럼 밀려왔다. 궁지에 몰린 남편의 다급한 목소리에서 사고의 심각성을 알 수 있었다. 들어가는 돈이 생각보다 많아서 나는 화가 머리끝까지 났다. 가뜩이나 어려운 불경기에 현금을 쌓아놓고 사는 사람이 몇이나 되겠는가 말이다. 급한 대로 돈푼 꽤나 만지는 친구에게 연락을 취했지만, 자신도 집안일에 목돈이 들어가서 쓸 돈도 부족하다는 대답을 들었다.

마음이 급해진 나는 지푸라기라도 잡는 심정으로, 지난봄에 우연히 알게 된 지인에게 도움을 청해보려고 연락을 드렸다. 여러 가지 사업을 하시는 그분이 다행히 나를 기억하고 있었던 덕분에 우리는 커피숍에서 만나기로 약속을 잡았다. 내 사정 얘기를 들은 지인은 그 자리에서 바로 내가 필요한 금액의 돈을 융통해 주셨다. 세상에! 별로 잘 알지도 못하고, 한 번

밖에 만난 적이 없는 나에게 그런 돈을 선뜻 내주다니…….

그분은 나에게 돈을 내주시면서, 친구와의 관계와 사람을 믿고 빌려주는 거라고 말씀하셨다. 아무리 돈이 많아도 잘 모르는 관계에서 금전거래를 하기는 어려운 법인데, 그분은 내가 그렇게 무리한 부탁을 했음에도 돈을 빌려주면서 오히려 나를 위로까지 해주신 고마운 분이다.

참으로 각박한 세상이지만 어렵고 못사는 사람들이 오히려 더 많이 기부한다는 이야기를 듣다 보면, 아직은 이 세상이 살 만하다는 생각이 든다. 물질만능주의가 판을 치고는 있지만 그만큼 아름다운 인정도 넘쳐나는 세상인 것이다. 동남아시아 국가 중에서 국민 개개인이 실제로 느끼는 행복감을 나타내는 행복지수가 최고로 높은 나라는 가장 못사는 미얀마라고 한다. 못사는 나라에서 살아가는 사람들이 더 많이 행복함을 느낀다는 것은, 아마도 서로 경쟁하기보다는 어울려 살아가는 삶을 소중하게 여기기에 그런 것이 아닌가 싶다. 황금덩어리로 사원과 불상을 꾸미면서도 정작 자신들은 그저 소박한 음식과 차림새로 살아가는 그 사람들은 대체 무엇을 위해 그렇게 낮은 자세로 기도하고 기원을 하는지 이해할 수가 없다.

하루에 수십 잔씩 커피를 마셔가며 컴퓨터와 씨름을 하다

잠시 쉴 때면, 나는 상상에 빠진 채 온갖 장식을 한 궁전을 세 웠다 부쉈다 하며 푸르른 하늘을 바라본다. 어제와 같은 하늘 이 오늘도 계속된다. 아니 내일은 분명히 다른 하늘과 구름이 내 앞에 펼쳐질 것이다.

나는 오늘도 소망과 간절함을 가득 담고 새로운 날들을 시 작한다. 매일같이 하늘을 우러러 본다. 매일같이…….

나눠요, 삼십육점오도씨

2016년 2월 1일 1판 1쇄 인쇄
2016년 2월 10일 1판 1쇄 발행

지은이 | 김현숙
펴낸이 | 이종춘
펴낸곳 | BM 성안당
주   소 | 04032 서울시 마포구 양화로 127 첨단빌딩 5층(출판기획 R&D센터)
         10881 경기도 파주시 문발로 112(제작 및 물류)
전   화 | 02-3142-0036
         031-950-6300
팩   스 | 031-955-0510
등   록 | 제406-2005-000046호
홈페이지 | www.cyber.co.kr
ISBN | 978-89-315-7921-5 (03810)
정   가 | 13,000원

이 책을 만든 사람들

기획 | 최옥현
진행 | 이병일
교정 · 교열 | 정진용
본문 · 표지 디자인 | 하늘창
홍보 | 전지혜
국제부 | 이선민, 조혜란, 신미성, 김필호
마케팅 | 구본철, 차정욱, 나진호, 이동후, 강호묵
제작 | 김유석

나
눠
요,
삼십육점오 도씨

36.5c